Ausgeliebt

Roman in Einfacher Sprache

Spaß am Lesen Verlag
www.spassamlesenverlag.de

Diese Ausgabe ist eine Bearbeitung des Buches
Ausgeliebt von Dora Heldt.
Lizenzausgabe mit Genehmigung der dtv Verlagsgesellschaft, München
© 2006 dtv Verlagsgesellschaft mbH & Co. KG, München

Text Originalfassung: Dora Heldt
Text in Einfacher Sprache: Sonja Markowski
Redaktion und Gestaltung: Spaß am Lesen Verlag
Druck: Melita Press, Malta

© 2017 | Spaß am Lesen Verlag, Münster.

ISBN 978-3-944668-75-8

Dora Heldt

Ausgeliebt

Roman in Einfacher Sprache

Schwierige Wörter oder Ausdrücke sind unterstrichen. Die Erklärungen stehen in der Wörter-Liste am Ende des Buches.

Inhalt

Personen

Christine
Sie schreibt in diesem Buch über ihr Leben.

Bernd
Christines Mann

Ines
Christines Schwester

Georg
Christines Bruder

Antje
eine alte Freundin von Christine

Marleen
eine Freundin von Christine und
die Ex-Frau von Bernds bestem Freund

Dorothea
Ex-Freundin von Christines Bruder Georg,
gute Freundin von Christine

Jens
ein alter Bekannter

Franziska, Leonie, Nina und Luise
Kolleginnen, mit denen Christine sich
angefreundet hat

Hans-Hermann
Steuer-Berater von Christine und Bernd

Richard
ein früherer Kollege von Christines Bruder

Die Gemeine und die Nette
zwei Stimmen in Christines Kopf

Der Entschluss

Bernd und ich waren fast zehn Jahre verheiratet.
Er war kein Mann, der gerne über Gefühle sprach.
Damit hatte ich mich abgefunden.
Wir waren ein gutes Team.
Nach so langer Zeit konnte man keine
großen Gefühle mehr erwarten.
Oder Sex mit Leidenschaft.

Kinder hatten wir keine.
Wir lebten auf dem Land.
Etwa 150 Kilometer von Hamburg entfernt.
Nordsee-Küste, dicht am Meer.
Aber auch am Ende der Welt.
Es war schön dort.

Bernd war in dem Dorf aufgewachsen.
Für meinen Job war die Lage eher ungünstig.
Ich war Vertreterin für Bücher und arbeitete
im Außendienst.
Mit Kunden in Hamburg und Niedersachsen.
Damit verdiente ich recht gut.
So gut, dass Bernd zum großen Teil von meinem
Geld leben konnte.

Bernd und ich. In den letzten vier Jahren hatte sich
etwas verändert.

Ich versuchte, nicht darüber nachzudenken.
Und ich hoffte, dass unsere Ehe wieder besser
werden würde.

Doch alles wurde ganz anders.
Am Samstag war Party bei unseren Nachbarn.
Es war nett. Alle hatten gute Laune.
Bernd ging schon recht früh nach Hause.
Er sagte:
„Bleibe ruhig noch.
Ich bin müde und habe zu viel Wein getrunken."
Als ich später nach Hause kam, schlief er schon.

Der Sonntag war wie so viele Sonntage.
Nach dem Frühstück arbeitete ich am Schreibtisch.
Bernd reparierte etwas in der Garage.
Mittags fuhren wir zu seinen Eltern.
Der Nachmittag verging mit Lesen, Kaffeetrinken,
Fernsehen, Bügeln.

Am Montag fuhr ich zu meiner Schwester Ines
nach Hamburg.
Bei ihr übernachtete ich oft, wenn ich zu Kunden
musste. Wir hatten einen faulen Mädchen-Abend.
Kurz vor dem Ende des Liebes-Films klingelte
mein Handy.
„Ach nee!", rief Ines.
„Zehn Minuten vor dem Happy End."

Es war Bernd. Das wunderte mich.
Er war kein Mann, der Sehnsucht nach mir hatte.
Wie gerne ich das auch wollte.

„Kann ich dich zurückrufen?", fragte ich.
„Der Film ist in zehn Minuten zu Ende."
„Ich muss mit dir reden", antwortete Bernd.
Seine Stimme war anders als sonst.
Also stand ich auf und ging aus dem
Wohnzimmer.
Bernd räusperte sich und schwieg. Ich auch.
Schließlich sagte er:
„Ich habe nachgedacht, Christine.
Ich ... ähm ... ich will mich von dir trennen."

Es kam mir vor, als ob der Blitz bei mir einschlug.
Mir wurde flau. Ich spürte, wie mein Herz raste,
und fing an zu zittern.
„Hast du was getrunken?
Was ist denn passiert?", fragte ich.
„Heute morgen war doch noch alles in Ordnung!
Was soll denn das heißen? Bernd, sag doch was!"

Meine Stimme wurde schrill.
Ich verstand nicht, was hier gerade passierte.
„Das kannst du doch nicht machen!",
rief ich in den Hörer.
„Mir wird das alles zu viel", sagte Bernd.

„Das Haus, mein Job, unsere Ehe.
Das Leben ist so kurz."
„Wieso das Haus?", fragte ich.
„Dann müssen wir eben was ändern.
Wir kriegen das schon hin!"
„Darum geht es doch nicht", antwortete Bernd.
„Ich will einfach nicht mehr mit dir leben."

Mir war unglaublich schlecht.
Ich beschloss, einige Termine zu verschieben.
So konnte ich am nächsten Tag
nach Hause fahren.
Dann konnten wir am Abend wenigstens
in Ruhe reden.

„Das ändert aber nichts an meinem Entschluss",
sagte Bernd.
„Bis morgen", sagte ich.
Doch Bernd hatte schon aufgelegt.

Die Liste

Als ich zurück ins Wohnzimmer kam,
sagte meine Schwester:
„Na endlich. Du hättest ihn doch nach dem Film
zurückrufen können?"
Dann sah sie mich an.
„Um Gottes willen!
Christine, was ist denn passiert?"
„Bernd will sich von mir trennen", sagte ich.
Dann kamen die Tränen.
Und dieser furchtbare Schmerz.

Ich erzählte Ines alles über meine Ehe:
Wie egal Bernd alles war.
Dass er sich nicht an Absprachen hielt,
nicht mit mir reden wollte.
Dass er sich ständig über seinen Job beschwerte.
Und dass er nur noch mit mir schlief,
wenn er angetrunken war.

Drei Stunden später hatte ich mich ein bisschen
beruhigt. Ines konnte gut zuhören und gut trösten.
Sie gab mir Taschen-Tücher, Zigaretten und
Tee mit Rum. Sie ließ mich reden.

„Für mich hört sich das nach einer
anderen Frau an", sagte sie.

Ich zuckte zusammen, aber schüttelte den Kopf.
Das traute ich ihm nicht zu.
Eine andere Frau? Viel zu anstrengend.

Für Ines gab es bei Problemen nur eine Lösung:
Listen und Tabellen machen.
Gedanken und Vorsätze aufschreiben.
Und dann die Listen einfach abarbeiten.

„Jetzt versuch mal klar zu denken", sagte sie.
„Wie läuft das Gespräch morgen Abend?
Willst du um deine Ehe kämpfen?"
Mir war klar, dass das keinen Sinn hatte.
„Gut", sagte Ines. „Also nicht WEITER, sondern NEU."
Sie hatte das Wort schon aufgeschrieben.

„Punkt 1", sagte Ines. „Wo willst du wohnen?"
„Ich ziehe nach Hamburg", antwortete ich.
In unserem Haus hatte ich jetzt nichts mehr
verloren.
Schließlich war ich Bernd zuliebe dort hingezogen.
Mir kamen die Tränen.

„Punkt 2", machte Ines weiter.
„Wen kennst du hier, außer mir?"
Unter dem Punkt erschienen sofort ein paar Leute,
die ich gerne mochte.
Ich putzte mir die Nase und beruhigte mich.

Diese Leute konnte ich dann öfter sehen.
Einfach so. Ohne mich extra verabreden zu müssen.

Dann fiel mir plötzlich Antje ein,
meine älteste und beste Freundin.
Nach ihrer Scheidung hatte ich sie überredet,
zu uns ins Dorf zu ziehen.
Sie und ihre beiden Kinder, meine Patenkinder.
Ich würde sie jetzt im Stich lassen.

„Ihr seid schon so lange befreundet", sagte Ines.
„Dann schafft ihr das jetzt auch!"

Ich fühlte mich schrecklich.
Auch meine Katzen würde ich im Stich lassen.
In Hamburg hatte ich keinen Zahnarzt,
keinen Bäcker, keine Werkstatt.
Nie wieder frühstücken mit Bernd,
nie wieder mit ihm Geburtstag feiern.
Und was würden meine Eltern sagen?

Ines konnte mich kaum verstehen.
So sehr musste ich weinen.
Doch das Wort „Eltern" hatte sie verstanden.
Sie schrieb es bei „Punkt 3" auf die Liste.

„Von Hamburg aus bist du schneller bei ihnen
auf Sylt! Mindestens zwei Stunden!", sagte Ines.

Bernd hasste Sylt. Ihm war die Fahrt zu lang.
Also fuhr ich nur selten zu meinen Eltern.
Und hatte oft Heimweh.

Es war 3 Uhr 30 nachts.
Ich bekam ein schlechtes Gewissen.
Ines musste in vier Stunden bei der Arbeit sein.
„Komm, wir müssen ins Bett", sagte ich.
Sie strich mir über die Wange und ging ins Bad.

Immer wieder sah ich dieselben Bilder vor mir:
Bernd, als ich ihn kennenlernte.
Braungebrannt am Strand.
Im Garten, auf Partys, im Urlaub.
Sein Gesicht morgens, mittags, abends.
Ich glaubte, dass ich die Liebe meines Lebens
verloren hatte.

Das Gespräch

Am nächsten Tag ging ich zu meinen Terminen.
Ich hoffte, dass meine Kunden mir meinen Kummer
nicht ansehen würden.
Mitleid wollte ich nicht.
Zum Glück merkte keiner was.

Auf der Rückfahrt überfiel mich die Trauer.
Ich hatte Angst vor dem Gespräch mit Bernd.
Ich fuhr in die Auffahrt vor unserem Haus.
Alles sah so aus wie immer.
Meine Katzen begrüßten mich.
Der Nachbar winkte mir zu.

Bernd hatte mich vom Fenster aus kommen sehen.
Er öffnete die Haustür.
Dabei räusperte er sich und lächelte verlegen.
Er nahm mir sogar meine Tasche ab.
Das überraschte ihn wohl selber.
„Na, wie war's?", fragte er.
Mir fiel keine Antwort ein.
Nicht zu dieser Nacht und diesem Tag.

Ich setzte mich an den Küchentisch.
Mein Kopf tat weh.
Meine Haut kribbelte.
Bernd fütterte die Katzen.

„Bitte mach ihre Schüsseln ganz voll", sagte ich.
Dann setzte er sich auf den Stuhl mir gegenüber.
Ich sah ihn an. Er sah aus wie immer.

„Und?", fragte ich.
„Was und? Ich habe doch schon alles gesagt",
antwortete er.
„Warum am Telefon und nicht hier?",
wollte ich wissen.
„Am Telefon ist das leichter.
So warst du wenigstens nicht alleine",
antwortete Bernd.

„Ich verstehe es nicht", sagte ich.
„Hast du eine andere Frau?
Irgendwas muss doch passiert sein."
„Quatsch", sagte Bernd.
„Das hat nur was mit mir zu tun.
Es ist nicht deine Schuld."
„Ich glaube dir nicht", antwortete ich.
„Dann lass es bleiben", sagte Bernd. Und dann:
„Du kannst hier natürlich wohnen bleiben."
„Ich werde nach Hamburg ziehen", sagte ich.
„Hier schaffe ich das nicht.
Mit dem Haus, den Katzen, meinem Job."

Ich beobachtete ihn.
Vielleicht verstand er erst jetzt, was wir hier taten.

Doch er sagte:
„Ja, mach das. Hamburg ist doch klasse.
Ich helfe dir natürlich beim Umzug."
Ich verstand nichts von dem, was hier passierte.

Wir saßen noch eine Weile in der Küche.
Ich kämpfte mit den Tränen.
Bernd sagte Sachen wie:
„Wir bleiben ja Freunde."
Oder auch:
„Wir müssen uns ja nicht gleich scheiden lassen.
Ist wegen der Steuern bestimmt ungünstig."

Irgendwann hielt ich es nicht mehr aus.
Ich ging nach oben und warf mich aufs Bett.
Dann hörte ich, wie Bernd die Haustür zuschlug
und sein Auto startete.

Ich fühlte mich sehr allein.
Wen konnte ich anrufen?
Ines wollte ich das nicht noch einmal zumuten.
Dann dachte ich an Antje.
Sie musste es sowieso erfahren.
Ich wählte ihre Nummer.
Nach dem zweiten Klingeln nahm sie ab.

„Antje, ich bin es", sagte ich.
„Bernd will sich trennen."

Sofort kamen wieder die Tränen.
„Was?", antwortete sie. „Ach du Schande.
Dabei hatte ich immer gedacht,
du würdest dich trennen."

„Antje, ich werde nach Hamburg ziehen",
erzählte ich. „Ich will hier nicht bleiben.
Aber was wird dann aus dir und den Kindern?"
„Das wird schon", antwortete Antje.
„Das ist nicht die erste Scheidung,
die wir zusammen hinkriegen. Ich helfe dir."

Die nächsten Wochen vergingen wie im Nebel.
Ich arbeitete, ohne jemandem was von der
Trennung zu erzählen.
Ich übernachtete regelmäßig bei Ines in Hamburg.

An einem der Abende dort klingelte es.
Vor der Tür stand Leonie. Wir waren Kolleginnen.
Doch wir trafen uns auch zwischendurch mal.
Ines hatte sie getroffen und ihr alles erzählt.
Leonie hatte Bernd eh nicht gemocht.
Und sie war froh, dass ich nach Hamburg ziehen
wollte. Sie kam einfach so vorbei, mit einer Flasche
Sekt. Das tat mir gut.

Leonie half mir in den folgenden Wochen sehr.
Sie besichtigte viele Wohnungen für mich.

Dafür hatte ich selber keine Zeit.
Gefiel ihr eine?
Dann machte sie einen Termin für mich
am Wochenende.

Ab und zu fuhr ich zu meinen Eltern nach Sylt.
Stundenlang lief ich am Strand entlang.
Trotz der Kälte.
Ich heulte ein bisschen und schlief viel.
Einmal in der Woche musste ich zu Bernd.
Dort kam ja noch meine Post an.
Bernd ging mir aus dem Weg.
Und wenn er zu Hause war, ging ich woanders hin.

Es war Anfang April.
Ines und Leonie hatten eine Wohnung
für mich gefunden.
Groß, Terrasse, Kamin, Balkon.
Sie lag ziemlich genau zwischen den Wohnungen
von Ines und Leonie.

Inzwischen wussten alle Bescheid.
Aber kaum einer sprach mit mir über die Trennung.
Das wunderte mich.
Vielleicht hatten sie Angst, dass Trennungen
ansteckend sind.
Auch von Antje hörte ich nichts.
Das wunderte mich am meisten.

Meiner Freundin Marleen war es auch aufgefallen,
dass Antje sich nicht meldete.

„Antje hat so viel zu tun", versuchte ich zu erklären.
„Kinder, Job, du kennst das.
Aber sie wird mir beim Umzug helfen,
hat sie gesagt."
„Ich finde es nur komisch", antwortete Marleen,
die ihre Scheidung schon hinter sich hatte.
„Sie ist deine beste Freundin.
Aber du hast seit sechs Wochen nichts
von ihr gehört?"

Dann hatte eine von Antjes Töchtern Geburtstag,
mein Patenkind.
Mit einem Geschenk in der Hand lief ich zum Auto.
Bernd folgte mir und fragte:
„Wo willst du hin? Ich dachte, du willst packen?"
„Mein Patenkind hat Geburtstag", antwortete ich.
„Fürs Packen habe ich noch zwei Wochen Zeit."
Bernd drehte sich um und ging ins Haus zurück.

Ich klingelte bei Antje.
Ihre Tochter öffnete die Tür und sprang mir an den
Hals. Sie nahm mein Geschenk.
Der Flur war voll mit zehnjährigen Mädchen,
die fröhlich durcheinander redeten und lachten.
Antje stand in der Küche und kochte etwas.

Sie hob kurz den Kopf und nickte mir zu.

„Hallo Christine."

Dann schaute sie wieder auf ihr Rezept.

Ich war verblüfft.

„Hallo Antje. Was ist denn mit dir los?"

„Ach, du weißt doch", antwortete sie.

„Kinder-Geburtstage stressen mich.

Meine Füße tun weh. Ich bin den ganzen Vormittag durch die Stadt gerannt ..."

Antje sah mich nicht an. Sie redete nur.

Über unwichtige Dinge.

„Habe ich etwas falsch gemacht?",

wollte ich wissen.

Jetzt sah sie mich verblüfft an.

„Nein. Äh ... es ist nur ... Das ist ja toll, dass du in Hamburg eine Terrasse haben wirst.

Dann kannst du ja deinen Strandkorb mitnehmen."

Mir wurde plötzlich ganz kalt.

Strandkorb? Terrasse? Woher wusste sie ...?

Antje starrte in den Topf.

Da stimmte doch was nicht.

„Antje?"

Sie schwieg und rührte.

Ich nahm meine Tasche und Jacke.

Schnell sagte ich meinem Patenkind Tschüss.

Sie packte gerade ihre Geschenke aus
und freute sich.
Dann ging ich.

Die Affäre

Unterwegs fielen mir mehrere merkwürdige
Momente ein.
Bernd konnte sich meine Handy-Nummer
nie merken.
Doch Antjes Nummer kannte er auswendig.
Mit Antje hatte ich oft über meine Ehe gesprochen.
Jedes Mal drängte sie mich zur Trennung.
Antje und Bernd. Bernd und Antje.

Bernds Auto stand vor dem Haus.
Bestimmt hatte Antje ihn gleich angerufen.
Ich drehte um und fuhr zu Marleen.
Sie sah mich vom Fenster aus und öffnete die Tür.

„Christine, du kommst genau richtig.
Der Kaffee ist gerade fertig."
Dann sah sie mein Gesicht.
„Was ist passiert?"

Ich erzählte ihr vom Geburtstag meines
Patenkindes.
„Was weißt du?", wollte ich von Marleen wissen.
Marleen fing an zu reden.
Ich hörte zu.
Mir wurde immer kälter.
Marleen hatte Bernd und Antje zusammen gesehen.

In einer Kneipe.
Kurz nach der Trennung.
Sie fand das merkwürdig.
Darum fragte sie ihren Ex-Mann, was er wusste.
Der war der beste Freund von Bernd.

Erst wollte er nichts sagen.
Doch dann erzählte er Marleen alles.
Bernd und Antje hatten schon vier Jahre eine Affäre.
Damals hatten wir unser Haus gekauft
und renoviert.
Ich erinnerte mich, dass Antje damals ganz
viel geholfen hat.
Ich musste arbeiten.
Antje und Bernd renovierten.
Wir waren eben gut befreundet.
Zu dem Zeitpunkt schon 25 Jahre.

Marleens Ex sah damals, was los war.
Er machte Bernd klar, dass eine Affäre echt
nicht geht.
Bernd stimmte ihm zu.
Doch nach ein paar Monaten ging es weiter
zwischen Antje und Bernd.

„Letztes Jahr an Weihnachten seid ihr zu deinen
Eltern gefahren", erzählte Marleen.
„Bernd und du. Da ist Antje ausgerastet.

Sie hat Bernd gedroht.
Er sollte dir von der Affäre erzählen.
Oder sie würde es tun.
Ich weiß das alles von meinem Ex-Mann."

Marleen wusste schon seit Wochen, was los war.
Doch sie wollte mich nicht noch mehr belasten.
Darum hatte sie gewartet.

„Antje wollte mir beim Umzug helfen!", sagte ich.
„Stell dir das mal vor! Die Schlange!
Ich passe auf ihre Kinder auf!
Und sie vögelt mit meinem Mann?
Ich könnte sie umbringen!"

„Lass wenigstens nicht so viele Sachen im Haus",
meinte Marleen.
„Kopf hoch. Irgendwann lachen wir drüber."

Zu Hause riss Bernd die Haustür auf.
Er grinste verlegen.
„Na, wie war es auf dem Geburtstag?",
wollte er wissen.

Ich schluckte.
Meine Finger-Nägel drückten in meine Handballen.
„Du hast doch bestimmt mit Antje telefoniert.
Was soll das also?", fragte ich.

„Christine, du verstehst das falsch",
versuchte Bernd sich rauszureden.
„Das fing erst nach der Trennung an.
Ich war so einsam."

Ich sah ihn an. Jahrelang war ich mit Bernd
zusammen gewesen.
Und jetzt tat es so weh, ihn anzuschauen.
„Ich kann nicht glauben, dass du so lügst", sagte ich.
Ich ging nach oben und fing an zu packen.
Bis morgens um fünf.
Ich klebte Zettel auf alles,
was ich mitnehmen wollte.

Danach setzte ich mich in die Küche
und trank einen Kaffee.
Bernd kam rein.
„Na, alles gepackt?", fragte er.
„Marleen kommt am Fünfzehnten", antwortete ich.
„Dann kommt auch der Umzugs-Wagen.
Das meiste lasse ich hier. Stell keine Fragen."

„Christine, es tut mir leid", sagte Bernd.
„Spar dir die Entschuldigung", sagte ich.
Ich verließ dieses Haus und dieses Leben.

Zum ersten Mal knallte ich die Tür laut zu.

Die Wohnung

In meiner neuen Wohnung stand alles
durcheinander:
Bücher-Regale, Stühle, Umzugs-Kisten.
Nicht nur meine Schwester Ines war da.
Auch Dorothea half beim Umzug.
Sie war die Ex-Freundin meines Bruders Georg.
Irgendwann war die Liebe vorbei.
Aber die Freundschaft blieb.
Dorothea freute sich, dass ich nach Hamburg kam.
So konnten wir uns öfter sehen.

Ines hatte wieder mal eine Liste gemacht:
Was musste wann wohin?
Sie schraubte und bohrte.
Mein Bruder brachte Brötchen, Kuchen und Bier.
Georg ist Journalist.
Aber mit Werkzeugen kann er nicht umgehen.
Ines entschied, dass er Kartons falten sollte.
„Dabei kannst du nichts falsch machen", sagte sie.
„Und du tust dir nicht weh."

„Ohne mich wärt ihr verhungert und verdurstet",
sagte Georg. „Falten kann ich.
Und eigentlich habt ihr mich ja ganz doll lieb."
Er machte Kaffee, räumte Bücher ein
und litt mit mir.

Dann musste er wieder weg.

„Du solltest hier mal aufräumen", sagte Dorothea.

„Früher warst du doch immer so ordentlich.

Kaum bist du in der großen Stadt,

wirst du schlampig!"

Sie lachte laut über ihren eigenen Witz.

Wir tranken Bier und versuchten,

ein bisschen aufzuräumen.

Die Albernheit tat mir gut.

Nach zwölf Stunden Kisten auspacken war ich froh,

allein zu sein.

„Denk dran", sagte Dorothea.

„Was man in der ersten Nacht im neuen Haus

träumt, geht in Erfüllung."

Ich küsste Ines auf die Wange und zog die Tür zu.

Zum ersten Mal war ich allein in meiner

neuen Wohnung.

Ich ging duschen und zog danach

meinen Bademantel an.

Die neue Stehlampe verbreitete ein warmes Licht.

Mir gefielen die Möbel, die ich gekauft hatte.

Georg hatte mir Geld geliehen.

Er verdiente viel und gab wenig aus.

Ich war froh über sein Angebot.

Die neuen Sachen erinnerten mich wenigstens

nicht an meine Ehe.

Heute war der 16. April.
In den letzten Wochen hatte ich immer gedacht:
Bis zu dem Tag musst du durchhalten.
Jetzt saß ich hier.
Ich legte eine CD auf und wartete darauf,
dass alles besser würde.

Meine Schwester macht Listen,
wenn etwas schwierig ist.
Bei mir waren zwei Stimmen in meinem Kopf,
die sich ständig stritten: die Gemeine und die Nette.

Die Gemeine sagte jetzt:
*„Du kannst lange darauf warten, dass es dir besser
geht. Das kommt nicht von alleine!"*
Und die Nette sagte:
„Tolle Wohnung. Das Leben wird jetzt aufregend!"
Danke, Nette!

Zum ersten Mal seit Wochen hörte ich
die Stimmen wieder.
Sie hatten wieder Platz in meinem Kopf.
Ich zog einen Stuhl heran
und legte meine Beine hoch.
Dann zündete ich eine Zigarette an.
Als die CD zum zweiten Mal fertig war,
stellte ich sie aus.
Ich löschte das Licht.

Dann legte ich mich in mein frisch bezogenes Bett.
Als ich lag, spürte ich die Tränen kommen.

Um 7 Uhr wachte ich auf.
„Bernd muss jetzt los!", dachte ich als erstes.
Und dann: „Ich bin allein."
Ich fühlte mich elend.
Mein Spiegelbild sah schrecklich aus.
So wie ich mich fühlte.
Strähnige Haare, dunkle Ränder unter den Augen.

„Kein Wunder, dass er dich verlassen hat",
hörte ich die Gemeine sagen.
Ich konnte nur noch weinen.
„Mach dir einen Kaffee mit deiner neuen Maschine.
Setz dich erst mal in Ruhe hin. Plan den Tag",
sagte die Nette.

Doch alles ging langsam.
Ich war lustlos. Die Tage schleppten sich dahin.
Wenn Ines und Dorothea kamen,
war alles ein bisschen leichter.
Doch beide fuhren gleichzeitig in den Urlaub.
Ich hatte eine Erkältung.
Alles war anstrengend.
Ich machte brav eine Liste,
was ich alles erledigen wollte.
Doch ich schaffte keine einzige Sache.

Abends guckte ich fern und trank Wein.
Betrunken schlief ich im Sessel ein.
Irgendwie schaffte ich es aber immer,
ins Bett zu kommen.
Dann träumte ich von Bernd und Antje.

So waren die ersten Wochen meines neuen Lebens.
Grau, elend, ohne Aussicht auf Besserung.

An einem Freitagabend rief Marleen an.
Sie wollte mich am nächsten Tag besuchen
kommen. Ich sah mich in meiner Wohnung um.
Überall lag Kleidung und standen Kisten,
die ich noch auspacken musste.
Ich kochte mir einen Kaffee.
Dann machte ich mich an die Arbeit.

Am nächsten Morgen duschte ich.
Ich zupfte meine Augen-Brauen und
föhnte meine Haare.
Dann schminkte ich mich und zog
meine beste Jeans an.
Sie war mir zu groß geworden.
Ich dachte kurz an Antje.
Sie machte ständig Diäten.

Ich fuhr zum Bahnhof, um Marleen abzuholen.
Sie schleppte drei große Tüten mit Pflanzen.

„Du bist dünn und siehst scheiße aus", sagte sie,
als sie mich sah. Dann lächelte sie.
„Komm. Erst gehen wir zu deiner Wohnung.
Dann gehen wir shoppen.
Nur teure Adressen.
Ich habe richtig viel Geld mit."

Marleen gefiel die Wohnung.
Sie sagte nichts zu den leeren Weinflaschen.
Stattdessen lud sie sie in mein Auto.
Beim Supermarkt warfen wir sie in den
Container für Altglas.
Ein altes Ehepaar guckte zu uns rüber.
Was die wohl dachten?
„Das war eine tolle Party, oder?",
sagte Marleen laut.
Ich musste lächeln. Party. Ja, ja …

Wir tranken Prosecco in einem Café und rauchten.
Zum ersten Mal seit Wochen
fühlte ich mich wieder lebendig.
„Du hast jetzt gelitten", sagte Marleen.
„Das brauchtest du auch.
Ging mir genauso nach meiner Trennung.
Aber irgendwann ist Schluss damit."

„Es ist so schwer", antwortete ich.
„Ja, das ist es", sagte Marleen.

„Aber den Anfang hast du schon geschafft.
In einem halben Jahr hast du Geburtstag.
Dann lachen wir darüber!"

Wir pflanzten die Blumen in meine Balkon-Kästen.
Ich kaufte noch mehr Blumen in der Gärtnerei.
Ausgerechnet die Pflanze „Männertreu" hatte ich
mir ausgesucht, ohne es zu wissen.
Marleen konnte kaum aufhören zu lachen.
Wir gingen ins Restaurant, tranken Cocktails
und redeten.
Wir lasen uns Horoskope vor und lachten Tränen.

Sonntag-Abend brachte ich Marleen zum Zug.
Als ich zu meinem Auto lief, fühlte ich mich gut.
Ich hatte zum ersten Mal wirklich das Gefühl,
nach Hause zu fahren.

Das Geld

Die Sonne schien mir ins Gesicht, als ich vom
Postamt kam.
Ich hatte endlich ein Postfach beantragt.
Im Hausflur hörte ich das Telefon in der Wohnung
klingeln. Der Anruf-Beantworter sprang an.
Es war mein Steuer-Berater.
„Hallo, hier ist Hans-Hermann.
Ich habe Bernd getroffen", sagte er.
„Er hat mir von eurer ... ähm ... Entwicklung erzählt.
Du zahlst ja noch das Haus ab.
Und Bernd kriegt jeden Monat Geld von dir.
Ruf mich mal an. Bis dann."

Ja, ich überwies Bernd jeden Monat Geld.
Das hatte während seines Studiums angefangen.
Wir hatten das nie geändert. Bis jetzt.
Dann klingelte das Telefon noch einmal.
Es war Dorothea.
„Schätzchen, ich habe einen Termin
bei Holli gemacht.
Du weißt schon, meinem Friseur.
18 Uhr. Ich hole dich ab!"
Ich erzählte ihr vom Steuer-Berater.
Dorothea konnte kaum glauben,
dass ich Bernd noch immer Geld zahle.
„Du bist ja wohl völlig bescheuert!", sagte sie.

Sie hatte recht.
Ich rief Hans-Hermann sofort an.

„Was macht ihr denn für einen Blödsinn?", fragte er.
„Nicht WIR. ER!", antwortete ich.
„Das dachte ich mir schon", sagte er.
„Er war ja nicht alleine, als ich ihn traf.
So eine große Blonde war bei ihm."

Ich suchte meine Stimme.
Dann besprachen wir mögliche Termine.
Wir mussten uns ja doch einmal zu dritt treffen.
Hans-Hermann versprach, Bernd anzurufen.

Auf dem Balkon zündete ich mir eine Zigarette an.
Bernd und Antje verloren wirklich keine Zeit.
„Was dachtest du denn?", fragte die Gemeine in
meinem Kopf. *„Dass sie erstmal um dich trauern?"*
Mir war wieder schlecht.
Weg war die Leichtigkeit.
Und wieder klingelte das Telefon.

„Ich bin es", hörte ich.
Mein Magen zog sich zusammen. Bernd.
„Was willst du?", fragte ich.
Er erzählte, dass er Hans-Hermann getroffen hatte.
„Wir haben geredet und was getrunken.
War lustig", erzählte Bernd.

Ich spürte Wut.

„Meine Vorschläge habe ich ihm schon mitgeteilt.

Ruf ihn an und kläre das", sagte ich.

„Bist du irgendwie sauer?", fragte Bernd.

Ich legte auf.

Die Tränen kamen aus Wut.

Nicht, weil ich traurig war.

Dann kam Dorothea und nahm mich mit

zum Friseur. Nicht irgendein Friseur.

Ein Salon mit viel <u>Chrom</u>, viel Licht, viel Leder.

Der Friseur sah aus wie <u>Johnny Depp</u>.

Doro-Schätzchen", begrüßte er Dorothea.

„Gut schaust du aus!"

Er brachte uns zwei Gläser Sekt.

Dann fragte er: „Nun, was soll der Künstler tun?"

Dorothea erzählte ihm von meiner Trennung.

Er schaute mich und meine Haare an.

„Das machen wir mal ganz anders",

sagte der Friseur.

Zwei Stunden später hatte ich kurze Haare.

Sie fielen locker und waren rotbraun.

Eine Mitarbeiterin hatte mich geschminkt.

Meine Augen sahen größer aus und sehr blau.

„Zehn Jahre jünger!", sagte der Friseur. „Und fetzig!"

Fetzig war auch die Rechnung.

Aber ich fühlte mich gut mit der neuen Frisur.
Dorothea und ich gingen noch was essen.
Dort trafen wir zufällig zwei Freunde von ihr.
Wir bestellten eine Flasche Wein nach der anderen.
Danach gingen wir tanzen.
Ich hatte schon so lange nicht getanzt.
Es fühlte sich mutig an.
Und ich bekam eine große Lust zu leben.

Morgens um vier fuhr ich mit dem Taxi nach Hause.
Ziemlich betrunken.
Vor dem Haus fiel ich in eine Hecke.
Als ich die Augen aufmachte, sah ich die Sterne.
Da lag ich. Mit meiner fetzigen Frisur.
Ich sah den Himmel an und lachte.

Dann kam der Termin bei Hans-Hermann,
dem Steuer-Berater.
„Ich sehe aus wie eine Fernseh-Tussi",
sagte ich zu Dorothea.
Sie war gekommen, um mir beim Styling zu helfen.
Ich trug einen braunen Anzug.
Schmale Hose, lange Jacke.
Weißes, enges T-Shirt. Weit ausgeschnitten.
Dorothea lachte.
„Du siehst super aus!
Ich würde gerne Bernds Blick sehen,
wenn er dich so sieht!

Wenn du nicht weiter weißt, denke einfach an
deine scharfe Unter-Wäsche!"
Die war tatsächlich scharf.
Dann musste ich lachen.
Antje trug immer nur langweilige Sport-BHs.

„So gut hast du noch nie ausgesehen", sagte die
Nette in meinem Kopf.
„Aber er steht auf groß und blond", antwortete die
Gemeine.

„Bleib hart", hatte mein Bruder Georg noch gesagt.
„Du hast ihm das Studium bezahlt.
Du hast das meiste vom Haus bezahlt.
Er muss dir ein Angebot machen!"

Da war das Büro des Steuer-Beraters.
Als er mich sah, lächelte er ungläubig und sagte:
„Wow! Sieht man in Hamburg so gut aus,
wenn man sich trennt?"
Hans-Hermann hatte Bernd eine halbe Stunde
später bestellt.
So konnte er mir in Ruhe alle Vorschläge erklären.
Ich sah Zahlen und Konto-Auszüge.
Ich versuchte, Hans-Hermann zu folgen.

Dann stand plötzlich Bernd im Zimmer.
Er gab erst Hans-Hermann die Hand. Dann mir.

Doch er schaute mich nicht an.

„Na, habt ihr schon alles entschieden?",
fragte Bernd.

Ich war fassungslos.

Kein Wort zu mir. Keine Begrüßung.

Er tat so, als ob ich ihn betrügen wolle.

Zum Glück rettete mich Hans-Hermann.

„Die Gelder deiner Fast-Ex-Frau gehen dich nichts
mehr an", sagte er zu Bernd.

„Wir reden heute nur über euer gemeinsames Geld."

Hans-Hermann redete und redete.

Ich versuchte nur, Bernd nicht anzusehen.

Ich verstand nichts mehr.

Stattdessen dachte ich an meine Unter-Wäsche
und an Sport-BHs.

„Christine, ist das so in Ordnung?",
fragte Hans-Hermann auf einmal.

Bernd guckte mich ungeduldig an.

Ich hatte gar nicht zugehört.

Hans-Hermann fasste noch einmal zusammen:
Bernd sollte mir 15.000 Euro zahlen.

Und zwar für die Sachen, die im Haus blieben.

Den Rest würden wir bei der Scheidung regeln.

Alles an Bernd war vertraut.

Sein Gesicht, sein Hemd.

Ich hatte ihn so oft berührt, mit ihm geschlafen.
Und jetzt sah er mich nicht einmal mehr an.

Nach zwei Stunden waren wir fertig.
Auf dem Parkplatz drehte Bernd sich dann doch
noch einmal um.
„Wir können ja mal telefonieren.
Schönen Tag noch", sagte er.
„Du kannst mich doch nicht so stehen lassen!",
rief ich.
„Ach komm, Christine.
Wir haben doch alles besprochen.
Ich habe jetzt keine Lust, noch mehr zu reden.
Schönen Tag noch."

Zitternd sah ich zu, wie er wegfuhr.

Jens

Ich fuhr zu meinen Eltern.
„Du bist ja pünktlich", sagte meine Mutter,
als sie mich umarmte. „Der Kaffee ist gerade fertig."
Beim Kaffee erzählte ich meinen Eltern
vom Termin beim Steuer-Berater.
„Du schaffst das schon alles", sagte mein Vater.
„Aber von Bernd hatte ich das ja nicht gedacht."

Meine Eltern hatten angekündigt,
dass Jens am Abend kommen würde.
Jens war ein alter Freund, der in Berlin wohnte.
Ich freute mich auf ihn.
Schon als Kinder hatten wir zusammen gespielt.
Ich sah ihn noch vor mir.
In seiner blau-weiß gestreiften Badehose.
Heute Abend wollten wir essen gehen.

Im Badezimmer zog ich mir die Lippen nach.
Als ich in den Garten kam, saß Jens da.
Er sah gut aus. Groß, schlank, kurze Haare.
Er lachte mich an und küsste mich
auf beide Wangen.
„Du siehst toll aus, Christine", sagte er.
Und zu meinen Eltern meinte er lachend:
„Ich bringe sie heile wieder nach Hause.
Habt volles Vertrauen!"

Dann fuhren wir zum Italiener.
Jens erzählte mir liebevoll und witzig von
seinem Vater, der immer alles besser wusste.
Mir kamen die Lachtränen.
„Vorhin warst du aber besser geschminkt",
sagte Jens beim Aussteigen.
Meine Wimpern-Tusche war vor lauter
Lachen verschmiert.
Doch ich musste schon wieder lachen.

Wir tranken Sekt, aßen und redeten.
Über unsere Eltern, unsere Geschwister.
Bei Jens fühlte ich mich entspannt.
Er erkundigte sich vorsichtig nach Bernd.
Ich erzählte ihm kurz, was passiert war.
„Wie geht es dir dabei?", wollte er wissen.
„Ich weiß es nicht", antwortete ich.
„Manchmal denke ich, dass alles gut ist.
Und dann zerreißt es mich wieder.
Jetzt habe ich ja Urlaub.
In drei Wochen muss ich wieder arbeiten.
Bis dahin habe ich zu viel Zeit zum Nachdenken."

Jens streichelte kurz meine Hand.
„Du hast schon viel geschafft", sagte er.
„Gib dir Zeit! Ich kenne Bernd ja nicht gut.
Aber irgendwie fand ich eh nicht,
dass er gut zu dir passte."

Er war nicht der Erste, der das sagte.
Warum haben es alle gewusst?
Und warum hat keiner was gesagt?
Ich wollte lieber von was anderem reden.
„Wie geht es dir denn?", wollte ich wissen.
Jens erzählte mir von seiner Frau.
Die Beziehung war nicht gerade einfach.
Seine Frau wollte immer ihren Willen durchsetzen.
Sie stritten sich viel.

„Vielleicht verliebt sie sich ja mal in einen anderen",
sagte Jens. „Dann fahre ich sie sofort zu ihm.
Aber jetzt Schluss. Komm, wir betrinken uns.
Das Auto lasse ich stehen."

Jens war lustig und liebenswert.
Er tat mir gut. Mir war warm.
Ich schaute ihn an.
Seine blauen Augen, seine Hände.

„Du hast ihn früher auch nie so angestarrt.
Denk an die alberne Badehose von früher",
sagte die Gemeine in meinem Kopf.
„Er ist ein guter Typ. Er mag dich. Morgen fährt er
wieder. Es ist schön mit ihm", sagte die Nette.

Ich hatte schon Monate keinen Sex mehr gehabt.
Und ich hatte rote Unter-Wäsche an.

„Christine, bist du da?", fragte Jens auf einmal.
Ertappt. Ich fühlte mich betrunken.
„Entschuldige. Ich war in Gedanken", sagte ich.
„Du bist süß, wenn du in Gedanken bist",
antwortete Jens. Er wiederholte:
„Ich sagte: Ich zahle mal.
Dann gehen wir zum Strand.
Und dann sehen wir mal."
Kribbeln im Bauch. Herzflattern.

„Bist du bescheuert? Das ist Jens!", sagte die Gemeine.
„Das wird schön", sagte die Nette.

Ich sah Jens an.
Mein Daumen verschränkte sich mit seinem kleinen
Finger. Wie von selbst.
Am Strand schob er seine Hand in meinen Nacken.
Der erste Kuss war vorsichtig.
Der zweite drängend.
Ich wollte ihn. Ich wollte das hier.
Seine warmen Hände glitten unter mein T-Shirt.
Mir war schwindelig.
Er atmete schneller. Küsste mich immer weiter.

„Christine, ich will mit dir schlafen", sagte er.
Als Antwort küsste ich ihn weiter.
In einem Strandkorb machten wir Knöpfe
und Reiß-Verschlüsse auf.

Ich fühlte mich betrunken.
Und erregt wie schon lange nicht mehr.
Ich fühlte seine Hände.
Hörte das Rauschen der Wellen.
Und sein leises Stöhnen.
Er drang in mich ein.
Die Kante vom Strandkorb tat weh an meinem
Ellen-Bogen. Bei jeder Bewegung.
Auch am Knie scheuerte meine Haut hin und her.
Es war unbequem.

Über mir war das Gesicht von Jens.
Es tat gut, ihn zu spüren.
Doch irgendwas war auch falsch.
Mein Arm und mein Knie taten weh.
Jens stöhnte laut auf.
Auf einmal dachte ich an Bernd.
Ich schob den Gedanken wieder weg.
Ich sah Jens an und empfand ein zärtliches Gefühl.

„Im Film sieht das immer leichter aus", sagte er.
„Kannst du dich noch bewegen?"
Ich musste lachen.
„Mein Knie tut scheißweh", antwortete ich.
Wir zogen uns wieder an.
Jens legte mir seinen Arm um die Schultern.
So saßen wir noch fast eine Stunde im Strandkorb.
Ich fühlte mich verstanden.

Vor dem Haus meiner Eltern sah er mich an.
„Christine …"
Ich legte ihm die Hand auf den Mund.
„Es war ein sehr schöner Abend", sagte ich.
„Ich habe mich seit Langem wieder verstanden
gefühlt. Ich danke dir dafür.
Und morgen wird mir nichts leidtun."

Jens lächelte und küsste mich auf die Wange.
„Du wirst alles schaffen, was du dir
vorgenommen hast.
Und wenn noch einmal ein Mann in dein Leben
kommt: Der hat richtig Glück."

Im Bett sah ich den Abend wie einen Film vor mir.
Hände, Küsse, Augen.
Und dann plötzlich der Gedanke:
Bernd war nicht der letzte Mann,
mit dem ich geschlafen hatte.
Zufrieden schlief ich ein.

Der Stammtisch

Ich dachte liebevoll an den Abend mit Jens zurück.
Er hatte ein gutes Gefühl in mir wieder aufgeweckt.

Zwei Tage später musste ich wieder nach Hamburg.
Zum Stammtisch der Bücher-Frauen.
Seit fünf Jahren traf ich mich mit den anderen
Vertreterinnen vom Verlag.
Immer zwei Wochen vor unserer „Tour".
Bevor wir wieder täglich in andere Geschäfte
fahren mussten, um Bücher zu verkaufen.

Ich hatte gute Laune.
Es klingelte an der Haustür.
Leonie kam. Sie war zu früh dran.
Sie hatte Blumen für mich mitgenommen.
„Das ist ja schon alles fertig eingerichtet",
sagte sie, als sie sich umschaute.
„Du siehst besser aus, Christine.
Nicht mehr so grau und ausgekotzt."
Ich lachte.
Leonie sagte immer, was sie dachte.
Das gefiel mir.

Gemeinsam liefen wir zum Restaurant.
Als wir dort ankamen, saßen schon zwei Frauen
am Stammtisch.

Eine von ihnen war Franziska.
Sie hatte eine harte Art an sich.
Aber mir gefiel sie.
„Schick", sagte sie und zeigte auf meine Haare.
Langsam kamen immer mehr dazu.
Bis wir zu neunt waren.

Als Letzte kam Luise.
Die Frau mit der tollen Stimme.
Sie war groß, hatte schwarze Haare.
Und sie trug immer besondere Kleidung.
Luise fiel einfach auf.
„Haare ab, Mann weg?", fragte sie mich,
als sie sich neben mich setzte.
Plötzlich war es still.
Sieben Augen-Paare starrten mich an.

„Ja", antwortete ich nach einer Weile.
Sofort wollten alle wissen, was passiert war.
Zum Glück kam der Kellner,
um die Bestellungen aufzunehmen.

Luise berührte meinen Arm.
„Das tut mir leid.
Ich wusste das nicht.
Du siehst erholt und entspannt aus.
So was hatte ich nicht erwartet.
Willst du darüber reden?"

„Nein, möchte ich nicht", antwortete ich.
„Aber du konntest es auch nicht wissen.
Ist schon in Ordnung."

Eine der Frauen bemerkte meinen kaputten
Ellen-Bogen. Die Haut war noch nicht geheilt,
nachdem ich mit Jens im Strandkorb gelegen hatte.
„Christine, hast du dich verletzt?", fragte sie.
„Ja, so ähnlich. Ist nur abgeschrammt."

Der Abend verlief nett.
Wir redeten über Bücher und über die Kollegen.
Wir aßen und tranken.
Als wir gingen, beugte sich Luise zu mir.
„Sag mal, Christine", sagte sie.
„Können wir nächste Woche mal essen gehen?"
Ich war verwirrt.
Wir hatten nie viel miteinander geredet.
Trotzdem sagte ich zu.

Leonie brachte mich nach Hause.
„Danke fürs Mitnehmen", rief ich ihr zu.
Ich ging zur Haustür und hielt Abstand zur Hecke.

Zum Treffen mit Luise fuhr ich mit der U-Bahn.
Ich guckte mich in der Fenster-Scheibe an.
Meine Haare sahen heute nicht fetzig aus.
Ich hatte es nicht hinbekommen.

Ansonsten sah ich aber recht gut aus.
Dorothea hatte mir Kleidung geschenkt.
Zwei Hosen und drei Hemden.
Von keiner billigen Marke.

Ich hatte eine braune Hose an. Weit geschnitten.
Dazu ein weißen Hemd aus Leinen.
„Du kannst dich noch so anstrengen. Neben Luise
siehst du trotzdem dumm und hässlich aus",
sagte die Gemeine in meinem Kopf.
Leider schwieg die Nette.

Ich fühlte mich unsicher.
Dabei war ich nur mit einer Kollegin verabredet.
Ich ärgerte mich über mich.
Luise erschien mir nun mal perfekt.
Jeder fand sie entweder toll oder war
eingeschüchtert. Bei mir war es das letzte.
Als ich aus der U-Bahn stieg, dachte ich:
Ich bleibe zwei Stunden.
Und ich erzähle nichts über mich und die Trennung.

Wir hatten uns in einem schicken, teuren Lokal
verabredet. Luises Idee.
„Christine!", hörte ich hinter mir.
Luise sah toll aus.
Schwarzes Kleid, Pumps, rote Jacke.
Ich fühlte mich klein und breit.

An einem Tisch saßen drei bekannte Schauspieler.
Luise guckte von der Speisekarte hoch und sagte:
„Die Frisur steht dir übrigens gut.
Viel besser als früher."
Ich wurde verlegen und bedankte mich knapp.

Luise bestellte zwei Kir Royal.
Ich fühlte mich irgendwie wichtig.
Dann zündete sie eine Zigarette an. Meine Marke.
„Wenigstens eine Sache haben wir gemeinsam",
dachte ich.

„Ich will mit dir über die Trennung sprechen",
sagte Luise plötzlich.
Ich verschluckte mich, musste husten.
„Geht es wieder?", erkundigte sie sich.
„Ja, danke", antwortete ich und trank
einen Schluck Wasser.
„Warum willst du über meine Trennung reden?"

„Ich bin da in einer blöden Situation", antwortete sie.
„Ich überlege seit Monaten, ob ich mich trennen soll.
Ich habe Angst davor.
Und dann sah ich dich beim Stammtisch.
Du hast dich verändert, wirkst ruhig und fröhlich.
Du siehst toll aus.
Wie hast du das hinbekommen?
Ich rede nicht viel über mein Privat-Leben.

Aber ich hatte das Gefühl, dass ich gerne mit dir reden würde."

Ich war völlig verwirrt. Meinte sie mich?
„Übrigens ...", sagte Luise. „Ich lade dich ein."
Sie sah verletzlich aus.
„Du musst mich nicht fürs Zuhören bezahlen",
antwortete ich. „Aber wenn du mich einladen willst,
bedanke ich mich.
Ich habe in der letzten Zeit oft jemanden zum
Zuhören gebraucht.
Es hilft. Also, fang an."

Luise trank, holte Luft und begann.
Ihr Leben war ganz anders, als ich gedacht hatte.
Ihr Eltern hatten sich getrennt, als sie 14 war.
Ihren Mann hatte sie in einem Buchladen
kennengelernt.
Er war Tischler und hatte dort Möbel gebaut.

„Er brachte mir jeden Tag was mit", erzählte Luise.
„Mal eine Rose, mal Karten fürs Kino.
Alles war so leicht. Ich hatte das nicht erwartet,
nach der schlechten Ehe meiner Eltern."

Doch irgendwie passten sie dann doch nicht
zusammen. Sie hatten den gemeinsamen Alltag,
machten Urlaub.

Sie waren freundlich, aber irgendwas fehlte.
Dann begann Luise eine Affäre.
„Wunderschön", sagte sie.
„Aber ich habe so ein schlechtes Gewissen."

„Wie kann ich dir helfen?", wollte ich wissen.
„Du hast mir schon geholfen", sagte Luise.
„Es tat gut, dir davon zu erzählen."

Ich fuhr im Taxi nach Hause und freute mich,
dass ich Luise kannte.

Die Lüge

Ich machte den Koffer zu und atmete durch.
Im Flur stand eine Kiste mit Büchern.
Außerdem meine Laptop-Tasche und
ein Karton mit Papieren.
Ich wusste, zu welchen Kunden ich wann fahren
musste. Die Tour konnte anfangen.

Jedes Jahr war ich zweimal lange unterwegs:
Von Januar bis April und von Juni bis September.
Es war mein letzter Abend vor der nächsten Tour.
Ich machte eine Flasche Wein auf.
In der ersten Woche konnte ich jede Nacht
zu Hause schlafen.
Danach musste ich in Hotels übernachten.
Und auch drei Nächte in meiner alten Heimat.
In dem Ort, aus dem ich vor Bernd geflohen war.
Marleen hatte mir angeboten,
in ihrem Gäste-Zimmer zu übernachten.
Sie hatte mir sogar einen Schlüssel gegeben.

Ich versuchte, nicht an Bernd zu denken.
Nicht an Antje, an meine Katzen, das Haus.
Doch dann waren die Gedanken wieder da und
ließen sich nicht mehr vertreiben.
Drei Nächte. Zehn Minuten entfernt von Bernd.
Ich rief Luise an.

Seit unserem ersten Treffen hatten wir uns noch zweimal gesehen.

„Zieh die schicke Hose an, die du bei unserem ersten Treffen anhattest!", sagte sie.
„Ist doch gut, dass du in die alte Heimat fährst.
Dann hast du das hinter dir.
Schau dich doch mal an, wie toll du jetzt aussiehst.
Und wie stark du bist!"

Luise hielt mich für stark.
Vielleicht hatte sie ja recht.
Ich hatte immer mehr Übersicht.
Den Anfang hatte ich geschafft.
Der Rest kam von selbst.

Die Tour war anstrengend.
Die Kunden kannten mich.
Sie erkundigten sich nach mir und fragten,
warum ich jetzt in Hamburg wohnte.
Ich antwortete kurz und freundlich.
Und ich dachte:
„Wie sieht Luise mich? Als starke Frau!"
Der Gedanke half mir.

Dann kam der Tag, an dem ich in meine alte Heimat fahren musste.
Ständig musste ich an früher denken.

Da war das Café, in dem ich mich mit Antje
getroffen hatte. Da das Restaurant, in dem ich so oft
mit Bernd gesessen hatte.
Meine alte Werkstatt. Der Tierarzt.
Ich biss die Zähne zusammen.

Marleen begrüßte mich fröhlich.
Wir setzten uns auf die Terrasse.
Sofort bekam ich Champagner.
Ich erzählte von meinen Erinnerungen an früher.
„Wenn du das nächste Mal hier bist,
wird es schon einfacher", sagte sie.
Dann hob sie den Kopf.
„Kommt da ein Auto?", fragte sie.
Marleen stand auf.
Ich erkannte die Schritte und zuckte zusammen.

„Hallo Bernd", hörte ich Marleen kühl sagen.
„Hallo Marleen. Ich habe Christines Auto gesehen.
Wieso hat mir keiner gesagt, dass sie kommt?"
Dann stand er vor mir. Er beugte sich zu mir.
Ich bekam einen flüchtigen Kuss auf die Wange.
Dieses vertraute Gesicht.

„Christine, ich versuche seit drei Wochen,
dich anzurufen. Jedes Mal bekomme ich nur
deinen Anruf-Beantworter."
Ich starrte ihn nur an.

„Anruf-Beantworter können Stimmen aufzeichnen", sagte Marleen.

„Du hättest vielleicht was sagen können."

„Ich würde gerne mit dir reden", sagte Bernd zu mir.

„Unter vier Augen."

Ich sah Marleen an,
dass sie Bernds Besuch lächerlich fand.
Doch sie ließ uns allein und ging ins Haus.
„Du siehst gut aus", sagte Bernd.
„Neue Sachen?"
„Worüber willst du reden?", fragte ich.
„Ich fand unser Treffen beim Steuer-Berater
schrecklich.
Wir hatten doch eine tolle Zeit zusammen.
Und dann sitzen wir da wie Feinde.
Reden über Geld."

„Ich habe nicht damit angefangen", sagte ich.
„Weiß ich, Christine", antwortete Bernd.
„Ich wollte das so gar nicht.
Mit Antje ist das nicht so, wie du denkst.
Wir haben guten Sex. Mehr nicht.
Du und ich waren ein gutes Team.
Das kann doch so bleiben."

„Ich muss aufs Klo", antwortete ich.
Ich brauchte eine Pause.

Ich ging erstmal zu Marleen in die Küche.
„Was bildet er sich ein?", fragte Marleen.
„Der will Geld von dir.
Oder irgendwas anderes."

Ihre Wut überraschte mich.
Ich lief wieder in den Garten.
Bernd wollte gerade weiterreden.
Da kam Marleen dazu.
Sie setzte sich neben Bernd.
Er sah sie fragend an.

„Was ist?", fragte Marleen. „Ich wohne hier!"
„Marleen", sagte ich.
„Wir führen hier so was wie Friedens-Gespräche.
Deine Trennung lief doch auch friedlich ab."
„Wir haben Kinder.
Und mein Ex-Mann hat auch nicht so
gelogen wie Bernd", antwortete Marleen.

Ich wollte gerade was sagen.
Doch Bernd kam mir zuvor:
„Du musst nicht alles glauben, was die Leute sagen."
Marleen stellte ihr Glas hart auf den Tisch.
„Gut, ich wollte es erst nicht sagen.
Aber bitte. Letzte Woche habe ich deine
Nachbarn getroffen, Bernd."
Ich hörte ihr zu. Meine alten Nachbarn?

Sie hatten sich noch nicht bei mir gemeldet.
Obwohl ich ihnen eine Karte geschickt hatte.
Aber was hatten sie mit der Sache zu tun?
Bernd guckte mich nicht an.

„Weißt du, was sie gesagt haben?"
Marleen schaute mich an.
„Sie finden es unmöglich, dass du schon zwei Jahre
einen Liebhaber hast. Dass du jetzt einfach zu ihm
nach Hamburg gezogen bist. Und dass Bernd ja
Glück hat mit Antje, die ihn so schön getröstet hat.
Denn Bernd war ja ganz überfordert."

Ich war sprachlos.
Das hatte Bernd den Nachbarn erzählt?
„Ich habe ihnen natürlich gleich gesagt,
was wirklich passiert ist", sagte Marleen.
„Und auch noch ein paar anderen Leuten."

„Bernd, was zur Hölle soll das?", wollte ich wissen.
„Ist doch egal, warum wir uns getrennt haben!",
antwortete er. „Das will doch keiner wissen.
Du hast eine neue Wohnung. Du verdienst gut.
Und jetzt soll ich dir 15.000 Euro zahlen?"

„Du hast doch alle Sachen behalten",
antwortete ich.
„Du wolltest das Haus. Du wolltest die Trennung.

Und jetzt lügst du alle an?"
„Sei doch nicht so stur", sagte Bernd.
„Du kannst einfach nicht verzeihen.
Antje versteht das auch nicht.
In einem Jahr redet keiner mehr davon.
Nur du schmollst."

Die letzten Sätze hatte Marlen gehört.
„So Bernd. Du verschwindest jetzt.
Aber schnell, bevor ich ausraste!", sagte sie.
Ich konnte mich nicht bewegen und nichts sagen.
Bernd riss den Auto-Schlüssel aus seiner Jacke.
Mit quietschenden Reifen fuhr er weg.

„Jetzt weißt du,
warum sich keiner bei dir gemeldet hat.
Ich habe jetzt allen die Wahrheit erzählt",
sagte Marleen.
„Vielleicht war Bernds Besuch ja ganz gut.
Du warst zu weich. Nicht wütend genug."
„Vielleicht", antwortete ich. Mir war kalt.

Mitten in der Nacht wachte ich auf.
Ich zündete eine Zigarette an.
Der Mann einer Kollegin war Anwalt.
Mir war auf einmal klar:
Den werde ich anrufen.

Anders leben

Ich machte einen Termin mit dem Anwalt.
Die Unterlagen vom Steuer-Berater nahm ich mit.
„Das Haus willst du nicht?", fragte er.
„Dein Mann will alle Kredite alleine übernehmen?
Und du willst nur 15.000 Euro für ein paar Sachen,
die im Haus geblieben sind?"

Ich nickte. „Ich will nichts mehr für ihn bezahlen.
Das Haus kann er alleine abbezahlen."
Der Anwalt schüttelte den Kopf.
„Bei anderen Paaren wird um jede Tasse gekämpft.
Das wird eine leichte Scheidung.
Und die 15.000 Euro?"
„Die hat Bernd noch nicht gezahlt."

Der Anwalt blickte auf.
„Die hätte er sofort zahlen müssen.
Das war doch verabredet."
Bernd hatte wohl gedacht, das hätte Zeit.
„Ich werde ihm einen Brief schicken",
sagte der Anwalt.
„Du brauchst dich nicht mehr darum zu kümmern."
Ich fühlte mich erleichtert.

An einem Abend stand plötzlich Luise vor der Tür.
Noch schmaler als sonst. Mit verweinten Augen.

Sie war verzweifelt.
Sie hatte ihren Mann überraschen wollen.
Mit einem kurzen Urlaub.
Doch sie hatten sich nur angeschwiegen.
„Wir haben einfach nichts mehr gemeinsam.
Wir hatten Zeit zusammen.
Aber wir konnten nichts damit anfangen.
Kannst du dir das vorstellen?"

Ich konnte und schenkte ihr Wein nach.
„Er fragte, ob ich ihn noch liebe.
Und ich wusste auf einmal, dass es nicht mehr so ist.
Damit wusste er, dass es vorbei ist.
Und dann hat er geweint."

Ihr Liebhaber wusste noch nichts.
Luise wollte erst eine eigene Wohnung, sagte sie.
Sie schlief auf meinem Sofa.
Ich lag schlaflos in meinem Bett.
Ich dachte daran, wie ich damals bei
meiner Schwester Ines gelegen hatte.
Doch das hier war jetzt Luises Geschichte.
Bei mir war es anders. Ich war schon weiter.

Nach langer Zeit traf ich mich mal wieder zum Sport.
Nina war auch Bücher-Vertreterin.
Ich hatte sie beim Stammtisch gesehen.
Und letzte Woche hatten wir uns in Bremen getroffen.

Zufällig.

„Tagsüber sitzen wir im Auto", hatte sie gesagt.

„Und abends am Schreibtisch oder auf dem Sofa.

Ich würde so gerne wieder Sport machen."

Also trafen wir uns zum Squash.

Früher hatte ich mit Antje gespielt.

Wir schwitzten. Alles tat weh.

Hinterher setzten wir uns in die Kneipe,

die zum Sport-Zentrum gehörte.

Wir schauten den anderen Leuten beim

Squash-Spielen zu.

„Hast du eigentlich einen Freund?",

wollte Nina auf einmal wissen.

Ich sah sie erstaunt an.

„Ich bin gerade mal ein halbes Jahr getrennt.

Das kann ich mir noch nicht vorstellen."

Nina guckte sich zwei Männer an,

die sehr gut spielen konnten.

„Diese Super-Typen sind bestimmt verheiratet",

sagte sie. „Solche Männer sind immer verheiratet.

Das kannst du vergessen."

Ihren Gesichts-Ausdruck verstand ich nicht.

„Fahren wir zu mir?", fragte sie schließlich.

„Ich zeige dir, wo ich wohne.

Und dann gehen wir zum Italiener. Hast du Lust?"

Ich hatte.

Nina wohnte in einem tollen Gebäude.

In einer alten Fabrik mitten in <u>Altona</u>.

Hohe Fenster, viel Glas, alte Steine.

Und dann die Wohnung.

Riesig. 150 Quadrat-Meter auf zwei Ebenen.

So etwas kannte ich nur aus dem Fernsehen.

Mein Mund stand offen.

Ninas Hund begrüßte mich freundlich.

„Ich kann auch was zu essen bestellen", sagte Nina.

Ich stimmte zu.

Nina öffnete eine Flasche Wein.

„Sag mal, Nina", sagte ich. „Was muss man denn
verdienen, um so wohnen zu können?"

Sie lachte und sah sich kurz um.

„Das muss ich nicht verdienen.

Die habe ich bei der Scheidung bekommen",
erzählte Nina.

„Mein Mann hat mich betrogen.

20 Jahre waren wir zusammen.

Ich mochte unser Haus, unsere Freunde.

Und dann diese Affäre.

Er wollte nie Kinder mit mir.

Doch diese Frau war schwanger von ihm.

Ärztin, aber keine Ahnung von Verhütung?

Ich habe ihn bei der Scheidung unter Druck gesetzt.

Ich hatte einen Brief vom Arzt.

Da stand drin, dass ich wegen der Trennung nicht
mehr voll arbeiten kann.
Tja, und dann habe ich eben diese Wohnung
bekommen."

Die Hälfte der Pizza war übrig.
Ich hatte keinen Hunger mehr.

„Ich wollte dich schon länger anrufen",
sagte ich. „Um mir Tipps zu holen,
wie man nach einer Trennung alleine lebt.
Aber ich habe mich nicht getraut."

Nina sah mich erstaunt an.
„Mich wolltest du fragen?
Ich hasse es, alleine zu sein.
Die Wohnung ist zu groß.
Ich verliebe mich nur in verheiratete Männer.
Ich will morgens davon aufwachen,
dass mich jemand küsst.
Nicht davon, dass mein Hund kotzt.
Und er kotzt oft."

Ich versuchte zu lächeln.
Aber irgendwie war die Situation peinlich.
Dann klingelte Ninas Telefon.
Ich war erleichtert.
Nina musste weg, und ich konnte nach Hause.

„Warte ab. Irgendwann suchst du auch wieder einen
Kerl. Dann bist du genauso wie Nina",
sagte die Gemeine in meinem Kopf."
„Quatsch", antwortete die Nette.
„So ein Leben wie jetzt hattest du mit Bernd nicht.
Du bist ganz anders."

Ich hoffte, die Nette würde recht behalten.

Der Konto-Auszug

Ich holte die Post aus meinem Briefkasten.
Eine Karte zeigte eine dicke alte Dame.
Sie hielt ein Glas mit Likör in die Kamera.
„Geschafft", stand in einer Sprechblase.
Und auf der Rückseite:
„Heute ist der 11. August. Das halbe Jahr ist um.
Herzlichen Glückwunsch. Marleen."

Die Gute. Sie hatte mitgedacht.
Ich hatte es hinter mir. Das erste halbe Jahr.
Im Februar hatte ich solche Angst gehabt.
Und jetzt war ein halbes Jahr vorbei.
Das sollte ich feiern.
Ich schenkte mir Champagner ein.

In dem Stapel Post sah ich einen Brief von der Bank.
Ich konnte es kaum glauben.
Dort stand tatsächlich ein riesiges Guthaben.
Bernd hatte mir die 15.000 Euro überwiesen.

So viel Geld. Mir war übel vor Freude.
Die Stimmen in meinem Kopf stritten sich.
Ich konnte das Geld anlegen.
Oder schöne Sachen kaufen.
Ich hatte einen sehr schönen Ring gesehen.
Meinen Ehering trug ich ja nicht mehr.

Und irgendwie sah meine Hand verlassen aus.
Lange darüber nachdenken konnte ich nicht.
Luise rief an.
Wir wollten eine Wohnung besichtigen.
Und sie fragte, ob ich schon früher kommen könnte.

Direkt vor dem Haus war ein Parkplatz frei.
„Das geht gut los", sagte Luise.
„Lieber Gott, lass die Wohnung schön sein.
Das ist die vierzehnte Besichtigung."
Die Vermieterin kannte Luises Mutter.
Wenn ihr die Wohnung gefiel, bekam Luise sie.
Die Wohnung brauchte also nur schön zu sein.
Und das war sie.
Tolle alte Fliesen im Treppenhaus, Holzgeländer.
Drei große Zimmer, hell.
Luise brauchte nicht lange nachzudenken.

Ich lud Luise auf ein Glas Sekt ein.
„Guck mal auf die unterste Zeile", sagte ich
und hielt ihr meinen Konto-Auszug hin.
„Hat Bernd endlich gezahlt?", fragte sie.
„Christine, du hast Kohle!
Morgen gehen wir einkaufen!"
Sie stieß mich in die Seite und lächelte.
„Wir haben es geschafft. Ich zumindest fast.
Das werden klasse Zeiten, die jetzt kommen.
Ich spüre es."

Ich fand ihre Augen traurig.
Hoffentlich dachte sie das nicht auch über mich.

Bernd ging vor mir her. Ich wollte ihn küssen.
Er streckte seine Hand aus und zog mich an sich.
„Es ist gut, dass du wieder da bist. Ich war ein Idiot",
sagte er.
Mein Herz schlug schneller.
Dann hörte ich den Wecker. Bitte nicht, dachte ich.
Ich stellte den Klingelton aus.

„Er hat dich verlassen. Es geht ihm gut ohne dich.
Du hast das nur geträumt", hörte ich die Gemeine in
meinem Kopf sagen.

Ich ärgerte mich über meine Tränen.
Dann quälte ich mich aus dem Bett.
Um 11 Uhr war ich mit Luise verabredet.
Am Hafen gab es das „Stilwerk":
Designer-Läden, teure Sachen.
Ich war schon einmal dort gewesen.
Mit einem Kollegen.
Er hatte damals einen Duschkopf gekauft, so teuer
wie alle Wasser-Hähne in meinem Haus zusammen.

Ich verspürte Vorfreude.
„Du hast so viel Geld. Heute gehörst du dazu!",
sagte die Nette in meinem Kopf.

Luise und ich gingen erst frühstücken.
Sie war dünn geworden.
Auf dem Parkplatz sahen wir immer mehr Autos.
Ich war überrascht: So viele Leute,
die genug Geld für diese Läden hatten!
„Die meisten gucken nur", sagte Luise.
„Aber wir ... wir können kaufen!"

Sie holte einen Zettel aus der Tasche.
Darauf stand, was sie alles brauchte:
Bett, Spiegel fürs Bad, Lampen, Mülleimer,
Fußmatte ... Ich dachte an die Preise.
„Dir ist klar, dass du das alles auch bei IKEA kaufen
kannst. Oder?", fragte ich.

„Das habe ich sonst auch gemacht", sagte Luise.
„Aber ich habe ein Sparbuch. Für schlechte Zeiten.
Und ich finde, das sind jetzt keine besonders guten
Zeiten. Heute bin ich mal nicht vernünftig."

„Ich habe auch viel neu gekauft", antwortete ich.
„Nur das Sofa war teuer. Der Rest nicht.
Das Kaufen heilt nicht unbedingt den Kummer.
Aber es ist wie ein Pflaster auf der Seele.
Man sieht die Wunden nicht mehr.
Und das tut gut."
„Komm, Christine", sagte Luise,
„wir gehen Pflaster auf die Seele kleben!"

Luise suchte sich einen tollen Spiegel aus.
Mit Silber-Rahmen. Sie sah zufrieden aus.
Der Mann an der Kasse auch.
Ich kaufte eine Seifen-Schale.
Dazu einen flachen Korb und einen Duschvorhang.
320 Euro! Meine Einkäufe verschwanden
in einer eleganten Tüte.

Im nächsten Laden kaufte ich eine Uhr.
Außerdem eine Lampe für den Schreibtisch und
noch ein paar kleine Dinge. 340 Euro.
Im Küchen-Laden suchte sich Luise Tassen aus.
Und wahnsinnig teure Gläser.
Ich kaufte Kerzen-Ständer und Servietten.

Vor den Espresso-Maschinen blieb ich stehen.
Bernd mochte keinen Espresso. Ich liebte Espresso.
„Welche nimmst du?", wollte Luise wissen.
Ich sah mich morgens im Bade-Mantel.
Mit einem frischen Espresso in der Hand.
Eine halbe Stunde später hatte ich eine Maschine
ausgesucht. 1150 Euro.

Die Nette in meinem Kopf freute sich.
„Endlich. Eine Espresso-Maschine!"
Die Gemeine antwortete:
„Das waren jetzt schon über 2000 Euro!
Du solltest das Geld anlegen!"

Ich musste an das Sofa in meinem alten Haus
denken. 380 Euro hatte es gekostet.
Bernd fand das vernünftig.
Ich dachte damals: Später kaufe ich was Schöneres.
„Genau! Später ist jetzt!", sagte die Nette.

In dem Augenblick sah ich einen Sessel.
Den tollsten, den ich je gesehen hatte.
Er war riesig, weich, warm, dunkelrot und samtig.
Mit passender Fußbank.
„Ich habe mich gerade verliebt", sagte ich zu Luise.
Sie schaute mich und den Sessel an.
„Du passt da richtig gut rein", antwortete sie
und suchte das Preis-Schild.

Ich fand eine Preisliste. 450 Euro stand da.
Leider war das nur die Fußbank. Ohne Samtbezug.
Der Sessel kostete 2200 Euro. Ich schluckte.

Ein Verkäufer stellte sich zu uns. Ich lächelte ihn an.
Luise wollte etwas sagen, doch ich war schneller:
„Ich nehme ihn!"
Luise machte ihren Mund wieder zu.
Der Verkäufer guckte enttäuscht.
Er hatte sich bestimmt auf ein Verkaufs-Gespräch
gefreut. Er schaute Luise an.
„Ich brauche noch ein Bett", sagte sie.
„Wenn ich Ihnen ... äh ... Ihnen was zeigen ..."

Luise unterbrach ihn.
„Ich habe schon eins gesehen."

Zielstrebig lief sie auf das Bett zu.
Sie legte sich auf den Rücken,
Arme weit ausgestreckt.
„Das nehme ich!"
Eine Mitarbeiterin wusste alles über Matratzen.
Luise blieb liegen und hörte zu.
Ich guckte mir weitere Möbel an.
Eine Kommode, eine Lampe.
Ich beschloss, sie zu kaufen.

Der Verkäufer schenkte uns zwei kleine Vasen.
„Ein kleines Geschenk.
Für zwei reizende Kundinnen", sagte er.

Auf dem Parkplatz mussten wir lachen.
Luise konnte nicht mehr aufhören.
Auch mir liefen irgendwann die Tränen vor Lachen.
„Wir haben in 45 Minuten 8000 Euro ausgegeben!",
sagte ich.
Luise schnappte nach Luft und lachte weiter.
Wir saßen mitten auf dem Parkplatz.
Um uns herum elegante Tüten.
Manche Leute guckten uns verwundert an.
Luise atmete tief und sagte:
„Gott, war das schön."

Als wir zum Auto kamen, fiel mir der Ring ein.
Ich guckte auf meine verlassene Hand.
„Ich will dir noch einen Ring zeigen", sagte ich.
„Ich weiß nur nicht, wie teuer er ist."
„Wunderbar", sagte Luise. „So wie du jetzt drauf bist,
ist der Preis auch egal. Oder?"

Am Abend saßen wir beim Italiener.
Ich schaute auf meine Hand.
Der kleine Stein im Ring funkelte im Kerzenlicht.
1630 Euro. Er hatte sofort gepasst.
Meine Hand sah schön aus.

„Du hast es geschafft", sagte Luise.
„Das halbe Jahr. Das neue Leben. Ein neuer Ring.
Du machst mir Mut. Auf uns und das Leben!"
Darauf stießen wir an.

Ich hatte 7690 Euro ausgegeben.
5000 musste ich meinem Bruder Georg zurückzahlen.
Viel blieb also nicht mehr übrig.
„Aber ich brauche das niemandem zu beichten",
sagte ich. „Höchstens meinem Steuer-Berater.
Der wird den Kopf schütteln.
Aber dafür bezahle ich ihn ja. Luise?
Ich glaube, ich habe es geschafft."
Zufrieden nickten wir uns zu.

Richard

„Ich soll dich schön von Richard grüßen",
sagte Dorothea. Sie war bei mir zu Besuch.
Gerade hatte sie meinen neuen Sessel bewundert.
„Ich war auf einem Geburtstag in Bremen",
erzählte sie weiter. „Da war er auch.
Er lebt jetzt alleine in Bremen, nicht mehr in Berlin.
Der hatte ja ständig Streit mit seiner Frau."

Richard. Sechs Jahre war es her.
„Hier hast du seine Visiten-Karte", sagte Dorothea.
„Ruf ihn doch mal an!"

Immer wieder las ich den Namen, die Adresse.
Er hatte immer noch dieselbe Handy-Nummer.
Ich griff nach meiner Jacke und meiner Tasche.
Dann verließ ich die Wohnung,
um einen langen Spaziergang zu machen.

Langsam ließ ich die Erinnerungen zu:

Es war sechs Jahre her. Mein Bruder Georg und
Dorothea arbeiteten für denselben Fernseh-Sender.
Mit Sitz in Berlin. Georg wohnte noch dort.
Dorothea war wieder nach Hamburg gezogen.
Das Zusammen-Leben mit Georg hatte nicht
geklappt.

Ich fand ihre Arbeit beim Fernsehen toll.
Dorothea verstand das nicht.
„Die Fernseh-Leute sind alle verrückt",
hatte sie gesagt.
Sie hatte Bernd und mich zum Sommerfest
eingeladen. Dann konnte ich selber sehen, wie
verrückt alle waren.

Bernd wollte nicht.
Er wollte lieber mit einem Freund segeln gehen.
Also fuhr ich alleine.
Zum Fest hatte ich ein rotes Kleid angezogen.
Ich freute mich auf die vielen Leute.
Doch nach zwei Stunden verstand ich,
was Dorothea gemeint hatte.
Ich sah vor allem sehr blonde und sehr junge
Frauen. Sie sahen irgendwie alle gleich aus
und hatten schrille Stimmen.

Mein Bruder bemerkte, dass ich mich nicht
wohlfühlte:
„Wir haben es dir ja gesagt. Die finden sich alle sehr
wichtig. Aber es gibt auch Ausnahmen."
Ich spürte, dass jemand hinter mir stand.
Eine tiefe Stimme sagte:
„Hier kommt die Ausnahme. Ich grüße dich, Georg."
Ich sah einen großen Mann mit dunklen Haaren.
„Richard", sagte Georg.

Georg stellte mich vor.

„Freut mich sehr", sagte Richard.

Und ich spürte, dass er es so meinte.

An dem Abend redeten wir viel.

Er hatte Charme und Witz.

Er war freundlich und aufmerksam.

Ich verliebte mich. Das war alles.

„*Er ist verheiratet*", sagte damals die Gemeine in meinem Kopf. „*Du kennst ihn doch gar nicht richtig.*"

„*Er hat den ganzen Abend neben dir gesessen*", sagte die Nette. „*Und dann diese Blicke.*"

In den Monaten nach dem Fest träumte ich manchmal von Richard. Die Sehnsucht blieb.

Doch das Bild wurde weniger deutlich.

Ich wollte nicht mehr an ihn denken.

Denn ich hatte ja Bernd.

Ein halbes Jahr später war wieder ein Fest in Berlin.

Georg hatte Geburtstag.

Auch meine Schwester Ines war dabei.

Und wieder fuhr ich alleine.

Bernd hatte dieses Mal wirklich keine Zeit.

In der Kneipe waren schon viele Gäste.

Ines und ich schenkten Georg einen Gutschein.

Er hasste Geschenke.

Dorothea hielt mir einen Cocktail hin:
„Hier, ein ‚Sex on the beach‘!
Das hast du doch so gerne." Sie kicherte.

Dann spürte ich eine Hand auf meiner Schulter.
Ich verschluckte mich fast.

„Ich habe gehofft, dass du auch hier bist",
sagte die schöne tiefe Stimme.
Richard.
Vor Schreck verschüttete ich meinen Cocktail
auf meine weiße Hose.

Wir setzten uns in eine Nische und redeten.
Wir tranken Wein und rauchten.
Die Luft wurde stickig. Die Musik lauter.
Irgendwann verließen wir die Kneipe.
Wir redeten und redeten.
Über seine Ehe, über Bernd.
Über Sehnsüchte.

Richard nahm meine Hand und sagte:
„Eine komische Nacht.
So etwas ist mir noch nie passiert."
„Mir auch nicht", antwortete ich.
Ich streichelte seine warme Hand.
Ich dachte an Bernd. An Richards Frau.
Dann standen wir vor dem Hotel.

„Frag ihn, ob er mit hoch kommt!",
sagte die Nette in meinem Kopf.
„Mach das nicht! Das wird zu kompliziert!",
sagte die Gemeine.

Richard küsste mich. Dann sagte er:
„Ich würde gerne mit dir schlafen.
Aber ich würde dich auch verletzen.
Ich muss erst einiges an meinem Leben ändern.
Vielleicht schaffe ich das nach dieser Nacht.
Danke, Christine.
Danke für die beste Nacht seit Langem."

Wir tauschten unsere Handy-Nummern aus.
Ich sah ihm nach, als er zum Taxistand ging.
Ich fühlte mich leicht, lebendig und traurig.

Jetzt war es sechs Jahre später.
Ich dachte darüber nach, was damals passiert war.
Und wie die Jahre danach gelaufen waren.
Wir hatten nur noch einmal telefoniert.
Doch seine Nummer kannte ich noch immer
auswendig.

Das Telefonat

Mindestens 20 Mal nahm ich das Telefon zur Hand.
Genauso oft legte ich es wieder weg.
Ich lackierte mir die Fußnägel.
Ich putzte Fenster. Ich bügelte.
Dann machte ich eine Flasche Wein auf
und rief Richard an.

Er meldete sich mit seinem Nachnamen:
„Jürgensen."
Mein Hirn war leer. Mein Mund trocken.
Ich wollte was sagen.
Richard wurde ungeduldig.
„Hallo, wer ist denn da?", fragte er.
„Hallo Richard", stammelte ich.
„Hier ist Christine. Also… Georgs Schwester."

Pause. Dann sagte er zögernd:
„Christine, das ist ja nett. Wie geht es denn so?"
Hatte er „nett" gesagt?
Keine Ahnung, was ich erwartet hatte.
Aber „nett"? Er erkundigte sich nach Georg.
Ich antwortete und zündete mir eine Zigarette an.

„Du rauchst noch?", fragte er.
Zum ersten Mal hörte ich ein Lächeln
in seiner Stimme.

„Ja", antwortete ich.
„Ich wohne jetzt übrigens in Hamburg."
„Wolltet ihr nicht mehr auf dem Land leben?",
erkundigte sich Richard.
„Nicht WIR. ICH", sagte ich.
Pause.

„Los, frag ihn was Persönliches",
sagte die Nette in meinem Kopf.
„Was für ein dämliches Telefonat",
antwortete die Gemeine.
Ich musste der Gemeinen recht geben.

„Ich wollte dich nicht stören.
Dorothea hatte mir deine Visiten-Karte gegeben.
Ich wünsche dir einen schönen Abend."
„Ja, dann danke. Und dir auch einen schönen Abend.
Vielleicht treffen wir uns mal zum Mittag-Essen.
Ich bin öfter mal in Hamburg."

„Mittag-Essen", sagte die Gemeine.
„Das soll doch kein Geschäfts-Termin sein!"

Ich wollte den Telefon-Hörer durchs Zimmer
schmeißen.
Die Nette in meinem Kopf konnte es nicht fassen:
„Da war doch was zwischen euch. Damals, in Berlin.
Vielleicht hat ihn der Anruf einfach nur überrascht."

„Überrascht?", antwortete die Gemeine.
„Das soll wohl ein Witz sein.
Der hat das alles vergessen.
Du benimmst dich wie eine 13-Jährige!"

Mir kamen die Tränen.
Ich ärgerte mich über mich selber.
Ich wollte keine verzweifelte Frau sein,
die unbedingt einen Mann haben will.
So wie Nina.
Nicht nach allem, was ich geschafft hatte.
Ich ging ins Bett.

Mitten in der Nacht klingelte plötzlich das Telefon.
„Christine?", hörte ich eine fragende Stimme.
Ich war sofort wach. „Richard?"
„Christine, ich habe wie ein Idiot reagiert.
Können wir das Gespräch von vorhin vergessen?
Lass uns neu anfangen."
Ich bekam Herzklopfen.
„Das wäre gut", sagte ich und setzte mich
in meinen schönen roten Sessel.
„Ich hatte einen blöden Tag.
Und als du anriefst, war ich so unsicher."
„Das kenne ich", antwortete ich.

Und plötzlich ging es. Wir machten weiter, wo wir
vor sechs Jahren aufgehört hatten.

Ich holte mir eine Wolldecke.
Und wir redeten. Zwei Stunden lang.
Über alles Mögliche.
Auch über Bernd und über Richards Frau.
Die Ehe war schlecht.
Er hatte eine Wohnung in Bremen.
An den Wochen-Enden fuhr er nach Berlin
zu seiner Frau.

Nach dem Gespräch fühlte meine Seele sich
gestreichelt.
In den nächsten zwei Wochen telefonierten wir oft,
jeweils mindestens eine Stunde.
Wir redeten über alles. Auch über Bücher.
Er gab mir das Gefühl, ihn schon jahrelang zu
kennen.
Ich wollte ihn so gerne treffen.
Nach seiner Frau erkundigte ich mich nicht.

Beim letzten Telefonat fragte Richard plötzlich:
„Wann bist du wieder mal in Bremen?"
„Übermorgen", antwortete ich.
„Dann sollten wir uns sehen",
sagte Richard nach einer Pause.
In meinem Kopf tauchten Bilder auf:
Sein Gesicht, Berlin, der Kuss.
Und jetzt vielleicht seine Wohnung?
„Soll ich dir ein Hotel-Zimmer buchen?", fragte er.

„Dann brauchst du nicht nachts wieder zurück nach Hamburg zu fahren."
Ich war erleichtert.
„Gerne", sagte ich.

Ich packte eine neue Bluse ein.
Die hatte ich mit Dorothea gekauft.
Mir war der Ausschnitt zu tief.
Aber Dorothea hatte mich überredet.
An diesem Abend gefiel sie mir.
Auch meine rote Unter-Wäsche packte ich ein.

Als ich im Bett lag, war ich aufgeregt.
„*Übermorgen*", flüsterte die Nette in meinem Kopf.
Und ich freute mich sehr.

Der Vierzigste

Richard holte mich im Hotel ab.
Als ich ihn sah, fühlte ich mich
wie nach einem Stromschlag.
Ich hatte vergessen, wie blau seine Augen waren.
Wie toll er aussah.
Ich weiß nicht mehr, worüber wie geredet haben.
Es war wie ein Film ohne Ton.

Wir gingen zum Italiener.
Dort bestellten wir beide denselben Wein,
dasselbe Essen.
Ohne, dass wir das verabredet hatten.
Wir redeten. Wir lächelten.
Die Gespräche waren leicht.
Ab und zu berührten sich unsere Knie.
Wir gaben vor, nichts davon zu merken.

Wir waren die letzten Gäste.
Richard zahlte.
An der Theke tranken wir noch was.
Richard legte seinen Arm um mich.
Auf dem Weg zum Hotel hatte er sich
bei mir untergehakt.
Plötzlich blieb er stehen und sagte:
„Christine, ich muss dir was sagen.
Du weißt, ich habe schon eine Scheidung hinter mir.

Mit meiner jetzigen Frau läuft es auch nicht gut.
Aber ich werde mich nicht noch einmal scheiden
lassen. Ich will, dass du das weißt."

Ich küsste ihn und zog ihn zum Eingang des Hotels.

Die Nacht war wunderschön.
Es hatte nichts von diesen verlegenen ersten Malen.
Es war vertraut und leicht.
Gegen vier Uhr fuhr er nach Hause.
Er wollte nicht, dass seine Nachbarn etwas merken.

Nach dieser Nacht trafen wir uns jede Woche.
Nachts schickte er mir Nachrichten aufs Handy.
Tagsüber telefonierten wir.
Ich hatte mich verliebt.
Und niemand wusste etwas davon.

Dann kam mein vierzigster Geburtstag.
Am Abend vor dem großen Tag saß ich alleine
in meiner Wohnung.
Nina hatte mir lachend ein paar Zeitschriften
gegeben: „Für Frauen ab 40".
Die meisten Themen waren mir egal.
Neben dem Weinglas lag mein Handy.
Bisher hatte ich noch keine Nachricht.
Aber es war ja auch noch nicht Mitternacht.
Vierzig.

Ich hatte Abitur gemacht. Einen Beruf gelernt.
Ich hatte geheiratet und war fast geschieden.
Studieren würde ich nicht mehr.
Kinder würde ich auch nicht mehr bekommen.
Jetzt würde auch bestimmt
keiner mehr „junge Dame" sagen.
Ich guckte wieder auf mein Handy.
Immer noch nichts.
Der Empfang war gut, obwohl es draußen stürmte.

Vierzig.
Bisher hatte ich mir nie Gedanken
um mein Alter gemacht.
Mein halbes Leben war vorbei, schätzte ich.
Wahrscheinlich die leichtere Hälfte.
Ich bekam ein mulmiges Gefühl.

„*Dein Leben war bis jetzt auch vorgeplant*",
sagte die Gemeine in meinem Kopf.
„*Bernd, das Haus, die vertrauten Freunde ...
Du brauchtest dir keine Gedanken zu machen.
Aber jetzt?*"
„Blödsinn", antwortete die Nette sofort.
„*Jetzt hast du Hamburg, den roten Sessel,
die Freiheit und ...*"
„*... sag jetzt nicht Richard!*", rief die Gemeine.
„*Darum bist du doch traurig.
Der wird nicht mit dir alt!*"

Mein Handy lag wie tot auf dem Tisch.
In zehn Minuten wurde ich vierzig.
Ja, ich dachte an Richard.

Mitternacht. Mein Handy piepte zweimal.
Eine SMS von Georg.
Ich lächelte, aber war auch enttäuscht.
Kein Richard.
Das Handy piepte erneut.
„Geburtstags-Kuss. Bis bald. Richard", stand da.
Meine Seele beruhigte sich. Ich ging ins Bett.

Acht Stunden später weckte mich das Telefon.
Meine Eltern gratulierten mir.
Ich machte mir einen Kaffee mit meiner
neuen Espresso-Maschine.
Als ich die Milch aufschäumen wollte,
klingelte es an der Tür.
Richard?
Mein Puls schlug bis zum Hals.

Es war Dorothea.
Beladen mit Tüten und Blumen.
Hinter ihr kam Ines.
„Es ist noch nicht mal 9 Uhr", sagte ich.
„Alles Wunderbare zum Geburtstag",
sagte Dorothea.
„Du hast so viel geschafft. So soll es weitergehen!"

Ich musste in der Küche bleiben.
Dorothea und Ines verschwanden im Wohnzimmer.
Eine halbe Stunde später durfte ich kommen.
Überall standen Blumen und Teelichter.
Auf dem Tisch lagen Geschenke, Smarties,
ein Kuchen. Ein echtes Geburtstags-Zimmer.

Das Auspacken dauerte lange.
Ich bekam eine Creme gegen Alters-Flecken.
Außerdem eine ziemlich teure Handtasche
und Ohrringe. Und von meinem Bruder
Eintritts-Karten für den Tierpark.

„Weißt du noch?", sagte Ines.
„Bernd musste an deinem Geburtstag
immer arbeiten.
Du hast ewig in der Küche gestanden und gekocht."
„Ich habe es gehasst.
Aber ich habe mich nie getraut,
es anders zu machen", antwortete ich.
Jetzt war alles anders.

„Geh mal duschen", sagte Dorothea.
„In einer Stunde kommt Besuch!"
„Wen habt ihr denn eingeladen?", fragte ich.
„Na, Bernds ganze Familie", sagte Dorothea.
Ich blickte ernst zurück.
Dann fing sie an zu lachen.

Bauch und Kopf

Es wurde eine nette Feier.
Dorothea und Ines hatten die Leute eingeladen,
die ich gerne mochte. Marleen, Luise, Nina, Georg
und noch ein paar andere.
Ich musste mich entspannen und durfte
nicht mithelfen.
Jeder unterhielt sich mit jedem.

Auf dem Weg zum Bad schaute ich auf mein Handy.
„Geburtstags-Kuss. Bis bald. Richard."
Das war die letzte SMS, die ich bekommen hatte.
Er fehlte mir.
Warum saß er nicht mit uns am Tisch?
Ich sehnte mich nach seiner Nähe.
Seinen Geschichten.
Nach der Art, wie er mich ansah.
Viele liebe Leute saßen in meinem Wohnzimmer.
Aber der Liebste war nicht da.
Er war in Berlin. Bei seiner Frau.

Als ich ins Wohnzimmer zurückkam,
hoben alle das Glas. „Herzlichen Glückwunsch!"
Dann gingen die Gespräche weiter.
Unter anderem darüber, dass ich viel zu nett
zu Bernd war.
Ich hatte keine Lust, darüber zu reden.

„Gut, anderes Thema", sagte Nina.
„Jetzt wird es doch mal Zeit für eine neue Liebe ...?"
Wieder dachte ich an Richard.
Niemand wusste von ihm.

In der Küche sprach mich Franziska an.
Ich hatte sie zuletzt beim Stamm-Tisch gesehen.
Vor ein paar Monaten, mit den anderen
Vertreterinnen.
„Christine, ich finde es toll, wie du das alles machst",
sagte sie. „Aber ich habe dich beobachtet.
Du hast oft auf dein Handy geschaut.
Und zwischendurch hast du ganz traurig geguckt.
Ich kann mich ja irren. Aber ...
ich musste an meine eigene Geschichte denken.
Meine Affäre mit einem Mann, der verheiratet ist."

Dann erzählte sie mir alles.
Von dem Mann, den sie im Urlaub getroffen hatte.
Sie war mit ihrer Schwester dort,
er mit einem Freund.
Sie verstanden sich wunderbar.
Seine Frau lebte in München.
Er war wegen seiner Arbeit während der Woche
in Hamburg.

„Nach einem Jahr wurde es immer schwerer",
erzählte Franziska. „Er wusste alles von mir:

über meinen Job, meine Freunde, Familie, Gefühle.
Von ihm wusste ich wenig.
Ständig habe ich aufs Handy geguckt,
wenn er in München war.
Er wollte sich von seiner Frau trennen,
hat er gesagt.
Aber er hat es nicht getan.
Ich hatte das Gefühl, dass ich immer nur wartete.
Und dass er mich brauchte, um sein Leben mit
seiner Frau auszuhalten.
Ich habe damals sehr gelitten.
Das möchte ich dir ersparen."

Gerade wollten wir zurück ins Wohnzimmer gehen.
In dem Augenblick klingelte mein Handy. Richard.
Franziska lief an mir vorbei.
„Ich wollte dir noch mal gratulieren", sagte Richard.
Im Hintergrund hörte ich seltsame Geräusche.
„Wo bist du denn?", fragte ich.
„Ich bringe gerade Altglas zum Container",
antwortete Richard.

Die Gemeine in meinem Kopf sagte:
*„Heimliche Gespräche. Er will nicht, dass seine Frau
was merkt."*

„Ich freue mich auf Mittwoch", sagte Richard.
„Ich muss jetzt aufhören."

„Um 19 Uhr bei dir", antwortete ich.
„Ich freue mich."
Dann legten wir auf.
Ich holte tief Luft.
Dann ging ich zurück zu meinen Gästen.
Richards Anruf hatte mein Herz beruhigt.
Meine Gäste beruhigten meinen Kopf.

Am Ende des Abends räumten Marleen und ich auf.
Als wir fertig waren, fragte sie:
„Bist du stolz?"
Ich dachte nach.
„Auf mich? Ich weiß es nicht. Aber ich bin stolz
auf die ganzen Leute, die da waren.
Es tut mir gut, dieses neue Leben."
„Ich habe es dir ja damals gesagt:
An deinem Geburtstag lachen wir darüber!"

Wir schwiegen eine Weile.
Ich dachte an Bernd, an Richard.
Marleen schaute mich an.
„Irgendwas ist doch mit dir", sagte sie.
„Wo bist du zum Beispiel immer mittwochs?
Dann kann ich dich nie erreichen."

Ich sah sie an.
Dann holte ich tief Luft und erzählte ihr
von Richard.

Am Ende sagte ich:
„Ich weiß, was du sagen willst.
Ich bin auch nicht besser als Antje.
Sie hat sich in meine Ehe mit Bernd gedrängt.
Ich mache jetzt dasselbe bei Richard."

Marleen lächelte und dachte nach.
„Tut Richard dir gut?
Hast du Herzklopfen?
Fühlst du dich lebendig?
Dann lass es zu!
Dann ist es jetzt richtig.
Du hast in den letzten Jahren nicht genug gelebt,
finde ich. Du bist 40, unabhängig.
Du hast dir dein Leben toll eingerichtet.
Da kommt Richard doch nur dazu.
Und wenn es zwischen euch irgendwann aufhört,
dann lachst du später drüber.
So wie du jetzt über Bernd lachst. Lass es zu.
Ich freue mich für dich."

Ich war verwirrt.
Mein Bauch sagte ja.
Mein Kopf sagte nein zu Richard.
Als ich im Bett lag, ließ ich die Gedanken an ihn zu.
„Gut", dachte ich. „Dann werden wir es mal
einfach geschehen lassen."
Kurz darauf schlief ich ein.

Alle haben recht

Es war der 23. Dezember.
Ich hatte gute Laune.
Zumindest hatte ich mir das vorgenommen.
Im Auto hörte ich Weihnachts-Lieder.
Die Lichter der Häuser und Straßen vertrieben
traurige Gedanken.

Ich hatte einen stürmische, zärtliche Nacht
mit Richard hinter mir.
Nach einem Abend mit Essen im Restaurant
und Champagner.
Jetzt war ich auf dem Weg zu meinen Eltern.
Richard fuhr zu seiner Familie nach Berlin.
Ich sah sein Gesicht vor mir.
Er hatte so einen bestimmten Blick,
wenn ich mich auszog.
Zärtlich, begehrlich.
Ich liebte diesen Blick.
Und das, was dann danach kam.

Stau auf der Autobahn. Na klasse.
Aber ich hatte ja Zeit. Und gute Laune.
Meine Trennung war zehn Monate her.
Mein Leben war besser als damals.
Ich fühlte mich in Hamburg zu Hause.
Ich mochte meine Freundinnen.

Ich hatte mehr Geld und mehr Freiheit.
Ich gefiel mir selber viel mehr.
Und ich war verliebt.
Trotzdem fühlte ich mich manchmal allein.

Seit drei Monaten besuchte ich Richard regelmäßig.
Erst im Hotel, dann in seiner Wohnung.
Erst nur mittwochs, jetzt so oft es ging.
Ich freute mich jedes Mal.

„Und jedes Wochenende bist du traurig",
sagte die Gemeine in meinem Kopf.
„Denn dann ist der feine Herr bei seiner Frau.
Du hast eine heimliche Affäre!"

„Na und?", antwortete die Nette.
„Solange du dich gut fühlst, ist alles erlaubt.
Und am Wochenende hast du Zeit für deine
Freundinnen."

„Ja, weil Richard dann nicht da ist!",
sagte die Gemeine.

Ich bekam Kopfschmerzen.
Und ich musste auf die Toilette.
Bei einer Rast-Stätte fuhr ich von der Autobahn.
Dort herrschte Ferien-Stimmung.
Familien, junge Leute auf dem Weg zu den Eltern.

Auf der Toilette sah ich in den Spiegel.
„Gar nicht so schlecht", dachte ich.
So muss man aussehen, wenn man drei Stunden
vorher noch Sex hatte.
Ich holte mir Kaffee, Brötchen und
Wasser für eine Kopfschmerz-Tablette.

„Du bist die Einzige, die hier alleine sitzt",
sagte die Gemeine in meinem Kopf.

Ich schluckte die Tablette runter.
Am Tisch neben mir saß ein Paar.
Etwa so alt wie ich.
Sie redeten nicht miteinander.
Die waren wohl nicht mehr aus Liebe zusammen,
sondern weil es einfacher und billiger war.

Ich musste an Nina denken.
Sie hatte vor Kurzem eine Kontakt-Anzeige
in der Zeitung aufgegeben.
Darauf hatte ein Mann reagiert,
mit dem sie sich jetzt öfter traf.
Er hatte ganz andere Interessen als Nina.
Bücher las er nicht.
Dabei waren Bücher Ninas Job.
Ich hatte das Gefühl, dass Nina einfach nicht mehr
allein sein wollte.
Egal, ob ein Mann gut zu ihr passte oder nicht.

Da hatten Richard und ich es besser:
Wir trafen uns, wann wir wollten.
Wir hörten einander zu.
Wir genossen die Zeit miteinander.

„Ihr seht euch nicht, wann ihr wollt",
kam die Gemeine dazwischen.
„Sondern wann es ihm passt!"

„Es geht aber um viel Gefühl", antwortete die Nette.
„Sieh dich um. Willst du das?"

Ich hatte Sehnsucht nach Richard.
Im Auto drehte ich das Radio auf.
Es half nicht.
Ich wurde immer trauriger.
Zwischendurch rief Dorothea an.
Ich hatte ihr von Richard erzählt.

„Ach komm", sagte sie.
„Du hast doch gar keine Zeit ihn zu vermissen.
Luise gibt eine Party.
Dann ist Silvester.
Ich habe Gutscheine für Sauna und Kino.
Wir kriegen richtig Stress!
Da kannst du gar nicht zu Richard fahren!"
Wir wünschten einander fröhliche Weihnachten.
Dann legten wir auf.

Ich hing meinen Gedanken nach.
Über Richard, über Paare, Liebe, Weihnachten.
Beim Tanken musste ich warten.
Vor mir standen drei andere Autos.
Plötzlich hörte ich Reifen quietschten.
Ein Auto hatte dem anderen die Vorfahrt genommen.
Das war gerade noch mal gut gegangen.

„Ich habe es satt! Ich habe dich unendlich satt!",
rief die Frau am Steuer des einen Autos.
Neben ihr saß ein Mann.
Der sprang aus dem Auto und schob sie zur Seite.
Sie stieg auf der anderen Seite ein.
Dann fuhr das Auto viel zu schnell los.
Woher kam der Zorn bei manchen Paaren?
Und warum ging es mit Richard und mir so gut?
Weil es nicht das wirkliche Leben war?

Ich dachte an Richard, der nackt vor mir stand.
Mich anlächelte.
„Es ist Liebe", sagte die Nette.
„Es fängt schon an, weh zu tun", sagte die Gemeine.
Vom Autozug aus sah ich aufs Meer.
Das Wasser beruhigte mich.

Vielleicht hatten alle recht.
Die Gemeine damit, dass es zwischen Richard
und mir nicht genug war.

Die Nette damit, dass ich genießen sollte.
Meine Freundinnen damit,
dass wir das Beste verdient haben.
Dass man sich nur auf sich selbst verlassen kann.
Und dass alles so kommt, wie es kommen soll.

Mein Handy klingelte. Richard.
„Geht es dir gut?", fragte er.
Ich musste nachdenken.
Was sollte ich antworten?
„Ich glaube schon", sagte ich.
Wir sprachen eine Weile miteinander.
Hinterher blieb seine Stimme in meinem Ohr.
Und sein Gesicht vor meinen Augen.
Ich fühlte mich so lebendig mit ihm.

Ja.
Es würde alles so kommen, wie es kommen musste.
Der Zug hatte angehalten.
Und meine Gedanken auch.

Die Scheidung

Ende Februar fuhr ich morgens zum Gericht.
Ich war eine Stunde zu früh.
Ich hatte viel Kaffee getrunken.
Meinen grauen Hosen-Anzug angezogen.
Mich geschminkt, mit zitternden Händen.
Auf dem Hinweg spürte ich meinen Magen.
War es Hunger? Aufregung?

Ich ging zum Bäcker.
Bernd und ich waren dort manchmal gewesen.
Die Verkäuferin lächelte und sagte:
„Sie habe ich lange nicht gesehen! Sie schicken
Ihren Mann wohl gerade immer einkaufen?"
Ich schluckte eine ehrliche Antwort runter.
„Ja. Eine Tasse Kaffee bitte.
Und ein Brötchen mit Käse."

Ich setzte mich hin.
Auf dem Käse lag eine Scheibe Gurke.
Mir wurde schlecht.
Es war kein Hunger-Gefühl.
Im Brief vom Gericht stand, dass es um eine
Familien-Sache geht.
Ich fühlte mich damit gar nicht gemeint.
Familie.
Bernd und ich hatten uns verliebt.

Wir waren in ein Haus gezogen.
Unsere Leben passten immer weniger zusammen.
Wir hatten uns verletzt und verlassen.
Und jetzt musste ein Richter
unsere Scheidung gutheißen.

Mir war schlecht und schwindelig.
Noch für wenige Minuten war ich Ehefrau.
Mein Anwalt fuhr vor.
Ich war erleichtert.
Das hier war ja nur noch eine Formsache.
Ich hatte schon ein neues Leben.

Bernd hatte ich noch nicht gesehen.
„Du hast das alles schon so gut hinbekommen",
sagte der Anwalt. „Das hier schaffst du auch noch."
Dann fuhr Bernd vor.
Er hatte einen Freund mitgenommen,
der Anwalt war. Sein Anwalt.
Wir begrüßten uns kurz.
Bernd wirkte wie immer.
Hatte ein Hemd an, dass ich ihm geschenkt hatte.
Ob er das wohl noch wusste?

„Das wird ganz schnell gehen",
beruhigte mich mein Anwalt. „Überlass das nur mir."
Im Saal setzte ich mich zitternd.
Der Richter trat ein.

Ich hörte meinen Anwalt etwas sagen.
Zwischendurch musste ich zweimal ja sagen.
Ich tat es, ohne zu wissen warum.

Ich bemerkte, dass Bernd mich beobachtete.
Ich wollte ihn nicht anschauen.

Dann wurde das Urteil verkündet.
Ich war im Namen des Volkes geschieden.
Was sollte ich denken?
Es hatte keine halbe Stunde gedauert.
Wie ein Kurzfilm.

Draußen schlug Bernds Anwalt vor,
noch einen Kaffee trinken zu gehen.
„Möchtest du?", fragte mein Anwalt.
Ich hatte keine Ahnung.
Ich folgte ihm einfach.
Bernds Anwalt fragte:
„Und? Schon eingelebt in Hamburg?"
„Ja, habe ich", antwortete ich.
Mein betäubtes Gefühl verschwand langsam.
„Hat alles gut geklappt."

Bernd sah auf die Uhr.
„Fährst du gleich zurück?", wollte er wissen.
„Ja. Ich habe noch einen Termin auf der Rückfahrt",
antwortete ich. Mehr wollte ich nicht sagen.

Bernds Anwalt zahlte die Rechnung.
Dann gingen wir.

„Und? Gutes Gefühl, dass du es hinter dir hast?",
fragte mein Anwalt.
Ich horchte in mich.
„So langsam kommt die Erleichterung", sagte ich.

„Also dann, Christine", sagte Bernd.
„Mach's gut. Wir telefonieren."
Ungeschickt beugte er sich nach vorne.
Dann küsste er die Luft neben meinem Ohr.
„Unglaublich", dachte ich und wurde ein
bisschen traurig.

Auf dem Rückweg wartete ich auf heftige Gefühle.
Aber sie kamen nicht.
Ich dachte ans Gericht.
Es war unwirklich. Wie in einem Film.
Die Scheidung war nur Formsache gewesen.
Alles andere hatte ich schon lange hinter mir:
die Trauer, die Ängste.
Ich fühlte mich leicht und froh.
Die Scheidung war der Schlusspunkt.

Angekommen

Ein bisschen zu spät kam ich in die Buch-Handlung.
Es war voller auf den Straßen, als ich gedacht hatte.
Die Mitarbeiterin des Geschäfts war sonst immer
nett. Jetzt war sie genervt.
„Ich habe extra meine Pause verkürzt. Und dann
kommen Sie eine halbe Stunde zu spät", sagte sie.
Ich entschuldigte mich:
„Es tut mir leid. Ich habe es nicht früher geschafft."
„Dann dürfen Sie Ihre Termine nicht so eng legen",
antwortete sie. „Wahrscheinlich waren Sie in einem
großen Geschäft. Die kleinen Läden sind Ihnen wohl
weniger wichtig."

Ich blieb ruhig.
„Es war kein Geschäft, sondern ein Amtsgericht",
antwortete ich.
„Ich habe mich heute scheiden lassen."
Die Mitarbeiterin zuckte zusammen.
Sie öffnete den Mund.
Dann machte sie ihn wieder zu und setzte sich.
Es war ihr peinlich. Das tat mir dann wieder leid.

Ich erklärte: „Da waren eben zwei Menschen, die
eine Weile gut zueinander gepasst haben.
Dann haben sie gemerkt, dass sie sich geirrt haben.
Da haben sie sich wieder getrennt."

Auf dem Rückweg dachte ich nach.
So war es wirklich:
Wir hatten uns geirrt.
Erst war uns das nicht aufgefallen.
Wir hatten gemeinsame Ziele:
Bernds Studium, mein Job, der Urlaub, das Haus.
Und dann blieben nur wir übrig.
Das reichte nicht.

Ich dachte an Richard.
Wir sahen uns nicht mehr so häufig.
Ich hatte viele Termine.
Wenn wir uns sahen, war es toll.
Mit Bernd hatte ich nie solche
Abende und Nächte erlebt.
Richard war aber nur während der Woche in
Bremen. Nie am Wochenende.
Nur dann konnten wir uns sehen.
Das war ab und zu schwierig für mich.
Denn die Sehnsucht war manchmal größer.

Ich fuhr an einem Schild vorbei:
Hamburg 49 Kilometer.
Ich war geschieden und wohnte in Hamburg.
Das klang gut.
Ich war überrascht, dass ich mich so leicht fühlte.
Die Scheidung hatte keine großen Gefühle
ausgelöst. Keine Traurigkeit.

Ich versuchte Luise anzurufen.

Anruf-Beantworter.

Dann wählte ich die Nummer von Dorothea.

Sie nahm ab, aber hatte keine Zeit.

Bei Ines ging auch der Anruf-Beantworter an.

Bei Marleen nahm ihr Sohn ab.

Nina und Leonie waren auch nicht erreichbar.

Ich war geschieden und konnte keinem was erzählen.

Ich schluckte und zündete eine Zigarette an.

Da klingelte mein Handy. Es war Richard.

„Ich bin es", sagte er. „Hast du alles hinter dir?

Wie fühlst du dich?"

„Es hat keine halbe Stunde gedauert", antwortete ich.

„Es geht mir gut. Ich würde nur gerne feiern.

Aber ich kann niemanden erreichen."

„Christine, ich ...", antwortete Richard.

Er hatte es falsch verstanden.

„Ich meine damit nicht dich.

Also natürlich doch.

Aber ich meinte meine Frauen in Hamburg.

Sie sind alle nicht erreichbar."

Richard klang erleichtert:

„Ach, die werden sich schon melden.

Und ich freue mich auf Montag. Sehr sogar."

Er streichelte jedes Mal meine Seele.

„Ich mich auch", sagte ich. „Bis Montag."

Ich steckte den Schlüssel ins Schloss meiner Tür.
Da bemerkte ich mein Türschild.
Ich trug jetzt nicht mehr Bernds Nachnamen.
Sondern wieder meinen eigenen.
Ich brauchte ein neues Türschild.

Ich hatte keine Post, keine Nachricht auf
dem Anruf-Beantworter.
„Deine Scheidung ist allen egal",
sagte die Gemeine in meinem Kopf.

Da klingelte es an der Haustür.
Dorothea kam mir entgegen.
Mit einer weißen Rose in der Hand.
„Fräulein Christine", sagte sie.
„Du hast es hinter dir. Herzlichen Glückwunsch!"
Ich stellte die Rose in ein Vase.
Dorothea ließ sich auf einen Stuhl fallen und sagte:
„Dir geht es doch nicht schlecht.
Du siehst besser aus, deine Freunde sind schöner
und witziger. Du hast mehr Geld und besseren Sex!
Komm, lass uns feiern gehen.
Ich habe Gutscheine für Cocktails.
Wir betrinken uns!"

Ich hatte eigentlich keine Lust.
Irgendwie fühlte ich mich nicht ernst genommen.
Aber ich zog mir die Jacke an und lief hinter ihr her.

Das Café an der Alster war mit Lichter-Ketten
geschmückt und bunt beleuchtet.
Hier hatte ich auch mit Marleen gesessen.
An einem der ersten guten Tage.
Ich lächelte Dorothea an.

„Das war vielleicht doch eine gute Idee", sagte ich.
„Ja, man sollte Scheidungen feiern."
„Scheidungen nicht", antwortete Dorothea.
„Aber ein neues Leben!"
Ich wollte mich gerade setzen.
Doch Dorothea lief weiter nach hinten ins Café.
Ich wunderte mich.

Und dann stand ich vor einem langen Tisch.
Ich sah Champagner und Blumen.
Sie waren alle da:
mein Bruder, meine Schwester, meine Freundinnen.
Ich war sprachlos und starrte sie an.
„Keine Angst", sagte Dorothea in die Runde.
„Sie ist nicht stumm geworden.
Sie hat nur Angst, dass sie alles bezahlen muss."
Ich fing an zu lachen.
„Toll, dass ihr da seid", sagte ich.
„Ich dachte schon, euch wäre die Scheidung egal."

„Wie war es denn?", wollte Ines wissen.
„Kurz, fremd und schmerzlos", antwortete ich.

„Ich bin einfach froh, dass alles vorbei ist."
„Das ist für dich", sagte Ines.
Sie überreichte mir ein Paket.
Ich wickelte das Geschenk aus.
Ein Türschild.
Auf silberner Fläche stand mein Name.
Nicht Bernds Name, mein Name.

Ich war stolz, dankbar und zuversichtlich.
Marleen stand auf und hob ihr Glas.
„Also dann", sagte sie, „willkommen zurück!
Wir trinken darauf, dass das Leben nicht mehr
ruhig und geordnet ist.
Ich bin überzeugt, du kriegst das hin!"

Dorothea öffnete die nächste Flasche Champagner.
Der Korken knallte.
Ich blickte auf die Gesichter, auf die Lichter.
Dann auf das Türschild und auf den Ring,
den ich mir gekauft hatte.
Ich fühlte mich angekommen und sehr stark.
Die Stimmen in meinem Kopf stritten sich
nicht mehr.
Und ich trank Champagner.

Wörter-Liste

Seite 7: Ex
ehemaliger Partner oder Partnerin

Seite 9: Vertreterin
Sie versucht, Geschäften etwas zu verkaufen.
Eine Vertreterin eines Buchverlages zum Beispiel
verkauft Bücher an Buchläden.

Seite 9: Außendienst
Jemand im Außendienst arbeitet nicht in einem
Büro, sondern fährt an verschiedene Orte.

Seite 10: Happy End
ein gutes Ende in einem Film

Seite 13: Um Gottes willen
ein Ausruf, wenn man sich erschreckt

Seite 15: Patenkind
Man verspricht Eltern eines Patenkindes, dass man
sich um das Kind kümmert. Zum Beispiel wenn die
Eltern krank werden oder sterben.

Seite 15: Im Stich lassen
Etwas nicht tun, obwohl man es versprochen hat.
Jemanden mit seinem Problem alleine lassen.

Seite 15: Sylt
eine Insel in der Nordsee, ganz im Norden von
Deutschland

Seite 25: Affäre
eine heimliche Beziehung

Seite 26: renovieren
erneuern

Seite 26: ausrasten
sehr wütend werden

Seite 27: Schlange
hier: gemeine Frau

Seite 27: vögeln
mit jemandem schlafen, Sex haben

Seite 34: Prosecco
ein alkoholisches Getränk, ähnlich wie Sekt

Seite 35: Cocktails
Mix-Getränke mit Alkohol

Seite 38: Chrom
ein silbern glänzendes Metall

Seite 38: Johnny Depp
ein berühmter Schauspieler

Seite 39: Fernseh-Tussi
eine Frau aus dem Fernsehen, die schick aussieht

Seite 40: scharfe Unter-Wäsche
Scharf bedeutet hier: aufreizend, sexy.

Seite 40: Konto-Auszüge
eine Übersicht von der Bank, wie viel Geld man
bekommen und ausgegeben hat

Seite 46: Herzflattern
Das ist ein aufregendes Gefühl. Das bekommt man
zum Beispiel, wenn man frisch verliebt ist.

Seite 49: Stammtisch
ein Tisch in einer Kneipe oder im Café, an dem man
sich regelmäßig mit Freunden trifft

Seite 53: Kir Royal
ein alkoholisches Getränk

Seite 58: die Zähne zusammenbeißen
Etwas tun, obwohl man es eigentlich nicht will.
Oder etwas sehr Schwieriges tun.

Seite 65: Squash
eine Sportart, bei der man einen Ball mit einem
Schläger gegen eine Wand schlägt

Seite 66: Altona
ein Stadtteil von Hamburg

Seite 70: Kohle
hier: Geld

Seite 80: Sex on the beach
So heißt ein Cocktail, also ein alkoholisches
Getränk. Die wörtliche Übersetzung aus dem
Englischen heißt: Sex am Strand.

Ziemlich beste Freunde
in Einfacher Sprache

Philippe ist reich und erfolgreich. Eines Tages verändert ein Unfall sein Leben – für immer. Nun ist er gelähmt, im Rollstuhl, hilflos. Philippe möchte am liebsten nicht mehr leben. Er braucht einen Pfleger, der ihm Tag und Nacht helfen kann.

Abdel hat nichts. Er wohnt im schlechtesten Viertel der Stadt. Ohne Job und ohne Zukunft. Abdel ist pleite und braucht dringend Geld.

Eine Gemeinsamkeit haben beide: sie sind stolz. Sie wollen sich nicht helfen lassen. Aber dann helfen sie sich gegenseitig. Und werden Freunde.

Philippe Pozzo di Borgo erzählt in dem Roman seine eigene Geschichte. Das Buch wurde ein Bestseller, und als Film wurde *Ziemlich beste Freunde* in vielen Ländern ein großer Kino-Hit.
Lesbar für alle.

Umfang: 80 Seiten

ISBN: 978-3-9813270-9-0

Tschick
Kurzfassung in Einfacher Sprache

Nach dem Roman von Wolfgang Herrndorf.

Umfang: 64 Seiten

ISBN: 978-3-944668-03-1

Der Roman erzählt von Freundschaft, Abenteuer, der ersten Liebe und dem Erwachsenwerden.

Die Ausreißer Maik und Tschick fahren mit einem gestohlenen Auto kreuz und quer durch Deutschland. Und das ohne Führerschein, denn beide sind erst 14 Jahre alt. Unterwegs treffen sie sonderbare Leute und erleben unglaubliche Abenteuer.

Die freche, jugendliche Sprache aus dem Original-Buch wurde übernommen. Sie wurde in Einfache Sprache übertragen. Auch ungeübte Leser bekommen dadurch schnell einen Zugang zu der Geschichte.

Über ein Jahr lang stand der Kult-Roman *Tschick* auf den deutschen Bestseller-Listen. Inzwischen gibt es die Geschichte auch als erfolgreichen Kinofilm und sogar als Musical.

Das Wunder von Bern

Roman in Einfacher Sprache

Nach dem Film von Sönke Wortmann

Umfang: 120 Seiten

ISBN: 978-3-944668-08-6

Der elfjährige Matthes Lubanski wohnt mitten im Ruhrpott. Er wünscht sich nichts sehnlicher, als dass sein großer Held, der Nationalspieler Helmut Rahn, die deutsche Mannschaft zum Erfolg führt.

Rahn ist wie ein Vater für ihn. Doch plötzlich taucht Matthes echter Vater wieder auf. Nach 11 Jahren Kriegsgefangenschaft versucht Richard Lubanski wieder Fuß zu fassen in seinem alten Leben. Doch alles hat sich verändert. Deutschland steht vor einem neuen Aufbruch und die Fußballweltmeisterschaft könnte der Neuanfang für Richard Lubanski sein!

Ein Fußballbuch, das alle lesen können!